梅里克家族

遗产之争

（美）弗兰克·鲍姆 著

郑榕玲 译

企业管理出版社

图书在版编目（CIP）数据

遗产之争 /（美）鲍姆著；郑榕玲译.
—北京：企业管理出版社，2015.12
ISBN 978-7-5164-1173-5

Ⅰ.①遗… Ⅱ.①鲍… ②郑… Ⅲ.①儿童文学—长篇小说—美国—近代 Ⅳ.①I712.84

中国版本图书馆CIP数据核字(2015)第313114号

书　　名：	遗产之争
作　　者：	弗兰克·鲍姆
译　　者：	郑榕玲
责任编辑：	韩天放　尤　颖
书　　号：	ISBN 978-7-5164-1173-5
出版发行：	企业管理出版社
地　　址：	北京市海淀区紫竹院南路17号
邮　　编：	100048
网　　址：	http://www.emph.cn
电　　话：	总编室（010）68701719　发行部（010）68414644 编辑部（010）68701292
电子信箱：	80147@sina.com
印　　刷：	北京宝昌彩色印刷有限公司
经　　销：	新华书店
规　　格：	145毫米×210毫米　32开本　7.375印张　165千字
版　　次：	2016年3月第1版　2016年3月第1次印刷
定　　价：	28.00元

版权所有　翻印必究　－　印装有误　负责调换

内容简介

美国作家莱曼·弗兰克·鲍姆因其作品《绿野仙踪》名满天下。其实，鲍姆一生著述颇丰，《梅里克家族》系列小说就是这位大师另一部精典之作，自面世之初便备受推崇，并传阅至今。作者以青少年读者为对象，创作了饱含人生哲理的系列故事，无论是精湛的文字，曲折的情节还是深刻的哲理，无不令人不忍释卷。

本书是《梅里克家族》系列小说的开篇之作。

三个年龄相仿，性情各异的女孩各自过着平静的生活。贝丝是一个乡村音乐教师的女儿，一心想要逃离粗俗的父母，摆脱贫困的家境。露易丝幼年丧父，期望能嫁入豪门，实现灰姑娘的梦想。帕琪和爸爸相依为命，日子过得虽然清苦，却总是充满了阳光与欢笑。某一天，三个女孩全都收到了一封奇怪的邀请信，它让这些互不相识的女孩聚到一起，共度了一个奇妙的假期。

埃尔姆赫斯特庄园的女主人疾病缠身，身体状况每况愈下。为了能把庄园和其他财产托付给一个值得信赖的继承人，她把自己的侄女和外甥女都叫到了身边，想从她们中间选出最合乎心意的那一个。面对这样一笔诱人的巨额财产，有人处心积虑，有人欲拒还迎，还有人避之唯恐不及。

就在故事终成定局之时，风云突变，意外出现的一个人使得遗产的归属超出了所有人的预料，但同时又顺理成章。

一切又回到了原点，帕琪的生命中突然出现了一位神秘的"圣诞老人"。他不但能为她排忧解难，让她过上以前不敢想象的生活，还为她的未来做了周密的安排，使她能成长为一个优秀的财富继承人。

庄园女主人的遗产到底花落谁家？"圣诞老人"到底是谁？三个女孩的命运又将如何？就让我们在这个一波三折的故事里找出这一连串问题的答案吧。

这本小说讲述了一个一波三折的奇妙故事。在作者的巧妙安排之下，每次在故事将成定局之时，都会有意外出现使得接下来的发展出乎预料，但又让读者在回味之时发现前文早有伏笔。就这样，读者的心情在层层悬念之中上下起伏，对这本书欲罢不能。

而相比情节的设计，原文中的对白描写更加精彩。贝丝的理智冷静与她的不谙世故，露易丝的聪颖乖巧与她的虚伪浮夸，帕琪的坦率明朗与她的独立能干，这三个女孩鲜明的性格特点都通过对白得到了体现，使其形象呼之欲出。一些主要人物的语言描写也毫不逊色，珍姨的乖戾与暴躁，"那个男孩"的拘谨与不安，约翰老伯的直率与善良，都让读者读来如闻其声如见其人。这些既给翻译工作增加了难度，却也使翻译的过程充满了乐趣。

就让我们由此开启一次愉快的阅读之旅吧。

目 录

第 一 章　贝丝接到了邀请……………………001
第 二 章　母亲和女儿………………………008
第 三 章　帕琪出场…………………………015
第 四 章　露易丝的发现……………………021
第 五 章　埃尔姆赫斯特的珍姨……………026
第 六 章　那个男孩…………………………034
第 七 章　第一次警告………………………041
第 八 章　天生的外交家……………………048
第 九 章　表姐妹……………………………054
第 十 章　背着包袱的男人…………………064
第 十一 章　疯狂的园丁………………………074
第 十二 章　结识了约翰老伯…………………086
第 十三 章　另一个外甥女……………………097
第 十四 章　肯尼斯受到了惊吓………………107
第 十五 章　帕琪遭遇了一场事故……………115
第 十六 章　还算不错的结果…………………120
第 十七 章　珍姨的女继承人…………………132
第 十八 章　帕特丽夏吐露心声………………141
第 十九 章　口是心非…………………………148
第 二十 章　在花园里…………………………156
第二十一章　宣读遗嘱…………………………160

第二十二章	詹姆斯讲了一个奇怪的故事	167
第二十三章	帕琪收养了一个舅舅	174
第二十四章	又回到家了	181
第二十五章	约翰老伯奇怪的举动	190
第二十六章	一串钥匙	198
第二十七章	露易丝发现了一个秘密	209
第二十八章	帕琪丢掉了工作	215
第二十九章	少校需要的解释	222

第一章 贝丝接到了邀请

德·格拉夫教授坐在餐桌前整理信件。

"贝丝,有你一封信。"说完后,他把信丢到坐在对面的女儿那里。

女孩惊讶地扬了扬眉毛,对她来说,收到信可不是件寻常事儿。她用拇指和食指轻轻捏住信封一角,仔细阅读上面的文字。信封上写着"俄亥俄州,克拉夫顿镇,伊丽莎白·德·格拉夫小姐亲启"。女孩又把信封翻过来,发现背面的开口处盖着一个奇怪的像是家族徽章的东西,上面有"埃尔姆赫斯特"的字样。

女孩抬起头来,睁大双眼看了看自己的父亲,似乎感到非常意外。但是此刻,那位教授的整个心思都放在一封由本杰明·洛温斯坦寄来的信件上面,信封里装着一份必须偿付的到期账单的通知。教授疲惫的蓝色眼睛透过鼻梁上的金边眼镜,茫然地盯着面前的信函,扁平的鼻翼剧烈地翕张着,就像受了惊的马儿一样,嘴唇还在不停地颤抖。他穿着一件有污渍的夹棉丝麻睡衣,不过上唇和下巴上的淡茶色小胡子都仔仔细细地打了蜡,末端还弄成了尖尖的形状,表明他至少在外表上还有那么点虚荣心。他一周有三天要给克拉夫顿那些好炫耀的年轻女士们上声乐和器乐课,另外三天则骑马去三十多里路以外的佩尔汉姆市的格罗夫镇,给那些梦想在歌唱事业上一举成名的人上音乐课。因为格拉夫教授教课的这些镇子都很小,付的学费也不高,所以他很难赚到足够的钱来维持一家子的日常开支。

餐桌的另一头坐着一个矮矮胖胖,看起来性情有些暴躁的女人，半张脸都埋在眼前的报纸里。在这个家里，她也没有吃闲饭。她教附近的女人们一些刺绣的技巧，并且绣了不少花哨的东西，放在克拉夫顿最大的一家商店——比格百货——对外出售。在德·格拉夫教授和德·格拉夫太太两个人的努力之下，他们还是能勉强支付家里的正常花销以及伊丽莎白上学的费用。但是，总有那么一两张可怕的"通知函"悬在他们的头顶上，就像那把随时可能掉下来的达摩克利斯之剑似的，随时可能毁掉他们的一切。

女孩发现她的父母都无心顾及自己，于是鼓起勇气拆开了信。信纸上的字迹锋芒毕露，棱角分明，但整体娟秀整齐，应该是出自女性之手。信里面写着：

我亲爱的外甥女：

　　我想邀请你在七月份和八月份来埃尔姆赫斯特做客。我现在的健康状况非常糟糕，很希望在离世之前能和你变得亲近一些。随信附上支票一张，以便支付往返所需的费用。期待你能在七月一号到达这里。

你的姨妈：珍·梅里克

贝丝低呼了一声，这声音引起了她爸爸的注意。他一眼看到了女儿的盘子边上放着的银行支票，激动得连说话的声音都颤抖了起来。

"那是什么，贝丝？"

"是珍姨妈写给我的信。"

格拉夫太太猛地一惊，手里的报纸掉在了膝盖上。

"你说什么！"她尖声问道。

"珍姨妈邀请我去埃尔姆赫斯特住两个月。"贝丝说着,把信递给妈妈,格拉夫太太激动地一把抢了过去。

"支票上写着多少钱,贝丝?"教授压低嗓门问她。

"一百美元,是珍姨妈给我的路费。"

"哈!你肯定不愿意去看那只恐怖的老猫的,我们可以把这笔钱花在更值得花的地方。"

"阿道夫!"

教授一听到这声沙哑刺耳的喊叫,就立刻把身子缩了回去。

"你姐姐珍是一个刻薄、自私又卑鄙的老女人,"他嘟囔着说,"你自己都这么说过上千遍了,朱莉亚。"

格拉夫太太严厉地驳斥他说:"我姐姐是一个非常富有的女人,而且她是梅里克家族的一员。你——你这个普普通通的德·格拉夫——居然还敢对她说三道四?"

"德·格拉夫家族也不差呀。"教授忍不住反驳道。

"那你说一个德·格拉夫家的有钱人来听听!说一个姓德·格拉夫的名人来听听!"

"这我说不出来。"教授说,"但他们都是些正派人,而且很大方,这一点可比你们那一族的人要好得多。"

"贝丝必须去埃尔姆赫斯特。"德·格拉夫太太压根儿懒得理会她丈夫的话。

"她不能去。去年我焦头烂额的时候,你姐姐连五十美元都不肯借给我,从我把你娶进门起就没有见过她一分钱。我的女儿可不能去埃尔姆赫斯特,受珍·梅里克的窝囊气。"

"阿道夫,没必要让所有人都知道你是个傻子。"教授夫人尖刻地说,"珍的身体已经不行了,最乐观的估计她也活不了多久。我相信她是打算把她的钱都留给贝丝，不然她怎么可能要这个孩子过去看她呢。你想白白弄丢这笔横财吗？你这个老糊涂蛋？！"

"不想。"教授赶忙回答，脸都没红一下就认可了这个不雅的称谓，"你猜珍到底有多少钱？"

"五十万，这是最起码的数。她还是个姑娘的时候就从托马斯·布拉德利那里继承了一笔遗产。那个男人跟她订了婚，结果突然在一次火车事故中死了，给珍留下了一座漂亮的埃尔姆赫斯特庄园，还有二十大几万美元的财产。我相信珍这些年连四分之一都没有花掉，而且这笔钱肯定还增值了不少。贝丝会成为整个国家最富有的女继承人的！"

"这话得等她拿到钱之后再说，我看能不能拿到还是个未知数。"教授显得有些沮丧。

"都已经收到信了，你为什么还怀疑这怀疑那的？"

"你还有一个姐姐和一个弟弟，他们都有孩子没错吧？"

"他们每个人都有一个女儿，不过珍在兄弟姐妹中间最喜欢的就是我，而且这封信是在珍快要咽气的时候送到我们家来的，这说明贝丝一定会得到她的遗产。"

音乐教师叹了一口气："真希望是这样，我们家急需这笔钱，这一点我非常确定。"

照理来说，贝丝才是对这份邀请最感兴趣的人。可是，就在她的父母争来争去的时候，她却一直保持着平日里的那种沉稳态度，安安静静地坐在椅子上吃着早餐，几乎都不朝她父母看一眼。

她今年十五岁，模样很是标致，看起来让人愉悦。她长着一头黑发,眼睛也是黑色的——她妈妈曾自豪地宣称这是一双"梅里克式的眼睛"。她有着很健康的肤色,青春的活力给皮肤染上了一层淡淡的红晕。虽然她的身材有些过于纤瘦,肩膀稍微有点儿往下溜,但在克拉夫顿镇,贝丝是大家公认的"漂亮姑娘",只不过她总是一副闷闷不乐的样子,而且不爱跟别人打交道。

又过了一会儿,贝丝站起身来,看了一眼钟,然后走到门厅,拿起了自己的帽子和课本。有朝一日会成为女继承人的前景并不能改变现在必须赶到学校去上课的事实。

她爸爸走到门前,手里拿着那张支票。

"在这后面签上你的名字,贝丝。我会帮你把它兑成现金的。"

女孩摇摇头。

"不,爸爸,"她回答说,"如果我打算去珍姨妈那里,我得先去买一些衣服。如果你拿到了这笔钱,我就一分钱都见不到了。"

"那你什么时候能做决定呀?"她爸爸追问。

"这不着急,我需要时间好好想一想。"贝丝平静地回答,"我讨厌珍姨妈,这一点不可否认。如果我去见她的话,我就要对她虚情假意,装成很喜欢她的样子,不然她绝不会把财产留给我。"

"那有什么大不了的呢,贝丝?"

"也许是应该这么做。只是一踏进那个女人的家门,我就变成了一个彻头彻尾的伪君子。"

"哎呀,想想那些钱吧!"她妈妈忍不住喊了起来。

"我就是因为想到了这个,才没有立刻决定把这张支票退还给珍姨。在我下定决心之前,我会尽量把能想到的事情都考虑清楚。一旦为了财产去了那里,我是绝不会因为一些鸡毛蒜皮的小事而停手的,这点我可以向你保证。我的本性里隐藏着非常邪恶、残酷和自私的东西,或许这笔钱并不值得我冒那种人格堕落的风险。"

"我的天啦!贝丝!"

"再见,我要迟到了。"女孩用一如既往的平静语调跟父母道别,然后慢慢地走远了。

教授用手指绞着胡须,跟他妻子四目相对,眼睛里有惊惶的神色闪过。

"贝丝这孩子还真是古怪。"他嗫嚅着说。

"她很像她的珍姨妈。"德·格拉夫太太若有所思地盯着女儿的背影,"不过这种傲慢和执拗的脾性要超过梅里克家族里的任何一个人。我真希望她能打定主意去埃尔姆赫斯特。"

第二章　母亲和女儿

在纽约上流街区一套公寓的舒适房间里，露易丝·梅里克穿着雅致的睡衣斜倚在沙发上，背后堆着几个绣花靠垫。

她旁边的凳子上放着一盒小糖果，露易丝偶尔会在给她看的小说翻页时，拿起一颗放到嘴里慢慢咬。

这个女孩长着一张迷人的讨人喜欢的脸，但那种倦怠的神情在年轻的女孩脸上很少见。这让人觉得流逝的短短十七年光阴已经夺走了她所有的渴望和激情——这两样东西原本在年轻健康的身体里是最常见的。而且它还让人猜测在过去那些年里，女孩是不是经历了太多的痛苦和磨难，所以现在才带着一些厌倦和无所谓，对身边的一切都冷眼旁观。

房间里的各种摆设都非常有品位，不过多少显得有些刻意。所有的东西看起来都是崭新的，就像刚从商店里搬回来的一样。就真实的情况而言，这么说其实并没有怎么夸张，这套公寓本身就是新的，地板和所有的木制品都经过了高度抛光，内部装修看不出任何光阴的痕迹，甚至连女孩身上的那件睡袍都是新的，房子中间的桌子上摆放的书籍全都是最新的版本。

门帘被用力推开了，一位年长的女士走进房间，悄无声息地走到窗前坐了下来。她看了看沙发上躺着的女孩，然后从一个丝绸袋子里拿出一些针线用品，耐心地做起了刺绣活。她的每个动作都做得很轻，女孩甚至都没有察觉到她走了进来。有那么几分钟，整个房间里一片寂静。

露易丝翻书的时候抬了一下眼睛，看见了那个正低头刺绣的女人。她把书放下，从身旁的软垫中抽出一封打开了的信，懒洋洋地把它丢到另一个人的膝盖上。

"这个女人是谁啊，妈妈？"

梅里克夫人扫了一眼那封信，接着拿起来仔仔细细地看了一遍，然后才开口说话。

"珍·梅里克是你爸爸的姐姐。"她慢慢折起那封信，把它放在桌子上面。

"为什么我以前从来没听说过这个人？"女孩问她妈妈，语气里透着几分好奇。

"这个我也没法解释，尽管你爸爸过世的时候你还小，但我还一直以为你知道他有个叫珍的姐姐，可能他从来没有跟你提起过她。"

梅里克夫人接着说："他们两个的关系并不好。珍很富有，她从一个年轻人那里继承了一大笔钱，还得到了一个气派的庄园。那个男人跟她订了婚，但是结婚的当天晚上就死了。"

"哇！就像小说里的情节一样！"露易丝激动地大喊。

"听起来确实像个浪漫的爱情故事，但在继承那笔遗产之后，所有的浪漫情调都从你姑妈身上消失了。她变成了一个性情乖戾、很难相处的老古董，总是怀疑别人想把她的钱财洗劫一空，所以身边一个朋友都没有。你可怜的父亲以前找过她，想让她帮上一把，却只是白费力气。我甚至觉得是她的残忍让你爸爸更早地离开了我们。你爸爸在世时一直努力拼搏，想做成几笔大生意，但最后除了一份人寿保险，没有给我们母女留下任何东西。"

"谢天谢地，幸好他有那份保险！"露易丝感叹。

"没错，要是没有这笔钱的话，我们两个都得去要饭了。不过露易丝，我还是常常会感到惊讶，就凭着这点钱的利息，我们是怎么生活了这么多年的。"

"那不叫生活——只能叫活命，"女孩打了个哈欠，懒洋洋地说，"我们节衣缩食，掰着指头过日子，除了日常的必需品外，不敢给自己添置任何东西。要不是您想出了这个绝妙的点子，母亲大人，我们还会一直在贫困的深渊里苦苦挣扎呢。"

梅里克夫人皱紧眉头，靠在了椅背上。

"有时我会怀疑这个主意是不是真的明智。"她的脸上露出一丝冷峻的神色，"露易丝，我们现在正把钱砸进一个投机的深潭里，而它很有可能变成一个无底洞。"

"不用担心，亲爱的妈妈，"女孩嘴里咬着一颗糖果说，"我们确实站在了冒险的边缘，但我向您保证，完全没有必要现在就失去继续向前的勇气。这个主意是再明智不过的，妈妈。那笔保险金的利息实在是微不足道，不过本金倒还算是一笔非常不错的数目。我今年刚好十七岁，三年后就是二十岁，应该要嫁人了。您把保险的本金分成了三份，每年花掉一份，这样的规划可以让我们生活得很体面，并且有一定的社会地位，我就可以有机会挑到一个富有的丈夫。这真是一个绝妙的主意，亲爱的妈妈！三年的时间很长，根本用不了这么久，我就能找到一个富豪丈夫的，所以您用不着担心。"

"你应该能做到的。"这位母亲思量了一番后又说，"但是如果你失败了，我们两个就全完了。"

"这句话能更强烈地激励我成功。"露易丝微笑着说，"一个普通的女孩也许不能坚持到最后，但我已经品尝过贫穷的滋味，而且非常不喜欢它的味道。没有人会想到我们只是孤注一掷的投机者，因为我们享受着奢华的生活，及时支付我们的账单，并且在各方面都表现得优雅得体，受人尊敬。我们可能遇到的唯一风险就是有些年轻富翁过于畏畏缩缩，不敢一口吞下我们投放的诱饵。不过我们两个都是外交能手，不是吗，我亲爱的母亲大人？我们绝不会看轻任何一个百万富翁，只要他的钱能够让我们过得风光体面，舒心惬意。而作为他的金钱的回报，我会努力做一个非常好的妻子。这样的交易并不难理解，而且对大家都有好处。我能肯定这个计划不用费多大力气就能成功。"

梅里克夫人一言不发地盯着窗外，似乎正在出神地想着什么事情。

"露易丝，"她终于开口说，"你可以在这个富有的姑妈身上好好下点功夫，让你手里再多一个筹码。"

"您的意思是叫我接受她这份奇怪的邀请吗？"

"没错。"

"她还给我寄了一张一百美元的支票呢，真有意思。"

"珍一直都是个反复无常的女人，也许她担心我们太穷了，没有这笔钱的话，你就不能体体面面地去埃尔姆赫斯特吧。不管怎么说，这证明了她邀请你的这份心意。死神离她越来越近，她不得不为自己挑选一位继承人，所以她邀请你去她那里，好根据你的品性来判断是不是应该把财产留给你。"

女孩满心轻松地笑了起来。

"用甜言蜜语来糊弄一位年老的女士再简单不过了，不出两天我就能赢得她的欢心，甚至会让她因为过了这么久才找我而感到后悔。"

"你说的一点不错。"

"如果我拿到了她的钱，我们就改变计划，放弃现在的冒险行动。如果出于某种原因，我没有得到这笔财产，我们就再回到现在的计划上来。手里能捏住两个筹码是件好事，而且七八月份有钱人都会去乡下度假，所以我们也用不着为失去良机而懊恼。"

梅里克夫人没有答话，她慢条斯理地继续刺绣，有一点心不在焉。露易丝柔美的双手十指交叉地放在脑后，若有所思地盯着她看。

过了一会儿，女孩开口说："再跟我讲讲爸爸家里的事吧。这个有钱的姑妈是他唯一的亲人吗？"

"不是的，他还有两个妹妹和一个哥哥。最年长的哥哥叫约翰·梅里克，是一个普通的锡匠。如果我没记错的话，他很多年前就去了遥远的西部，可能死在了那里，因为从他出门之后，再也没有人得到过关于他的任何消息。接下来就是珍，她年轻的时候多少有些美人的名气，所以迷住了托马斯·布拉德利。这个年轻人很富有，珍诱使他在遗嘱里把所有的财产都留给了她。你的父亲比珍小个一两岁，在他之后是朱莉亚，一个粗俗又不讨人喜欢的女人。她嫁给了一个音乐教师，把家安在了某个偏僻的乡下小镇上。你父亲还在世的时候，她有一次带着还是个婴儿的女儿来我们家住了几天，差点把我们全都逼疯了。我们家太穷了，没法好好招待她，可能这让她觉得我们对她不够热情吧。总之，在你和她的孩子打了一架，差点把那个孩子的头发拔光之后，她就带着孩子不辞而别了。从那之后，我再也没听说过她。"

"一个女儿，嗯，"露易丝认真思考了一下，"这么说那个富有的姑妈还有一个另外的外甥女喽。"

"可能是两个。"梅里克夫人回答说,"因为她最小的妹妹,就是叫维奥莱特的那个,嫁给了一个浪荡的爱尔兰人,生了一个女儿,大约比你小一岁。维奥莱特死了,不过那个孩子是不是活了下来我就不得而知了。"

"她叫什么名字?"露易丝问道。

"我不记得了,但这并不重要。在这几个女孩中间,只有你姓梅里克,毫无疑问这就是珍写信给你的原因。"

女孩摇了摇头。

"我不喜欢这样。"

"不喜欢什么?"

"不喜欢这一连串的亲戚,她们让事情变复杂了。"

梅里克夫人突然有些心烦意乱。

"如果对自己的能力没有信心,"她几乎是用嘲讽的语气在说话,"你最好还是不要去埃尔姆赫斯特,因为你那些乡下表妹很可能会打动那位亲爱的姑妈,把你排挤在她们之外。"

女孩又打了一个哈欠,重新拿起被她丢在一边的小说。

"话虽如此,亲爱的母亲大人,"她懒懒地说,"我还是会去的。"

第三章　帕琪出场

"现在,少校,挺直腰杆,精神一点!你这样扭来扭去的,我怎么能帮你把马甲擦干净呢?"

"帕琪,亲爱的,你今晚这么漂亮,我一定得亲你一下。"

"别再这样了,先生,"帕琪严厉地说,同时用一块湿布用力地擦着这个大块头男人的马甲,"告诉我,少校,你是怎么把身上弄得这么脏兮兮的?"

"就是汤溢出来了嘛。"少校温顺地回答。

帕琪快活地笑了起来。她的个子很娇小,看起来不过十二三岁左右,其实她已经年满十六岁了。她的头发是明亮的红色,不是那种好看的赭色,而是那种真正的红色,圆圆的脸上长了很多雀斑。她的鼻子太小,嘴巴又太大,跟漂亮完全不沾边。但是这个女孩有一双令人惊叹的蓝色眼睛,足以弥补外表上的其他缺陷,让看到她的人忘记所有那些不漂亮的地方,只感受到这双蓝眼睛的迷人魅力。她的眼睛好像真的会说话一样,总能闪耀出快乐和欢笑的火花,可以让最刻薄的人都露出微笑。所有认识帕琪的人都喜欢她,但是这位白胡子的道尔少校,也就是她的父亲,对她却是绝对的崇拜,心甘情愿地服从这个女孩的一切指令。

"好了,先生,你又变得很体面啦,"又重重地擦了几下之后,女孩说道,"现在带上你的帽子,我们要出去吃晚饭了。"

他们住在一栋还算不错的合租公寓的顶层,有两个小房间。要出去吃饭的话得走下好多级没有打蜡的木质楼梯,然后走上一条窄窄的街道，融入熙熙攘攘的人群之中。

大个子少校挺直腰背，威风凛凛地顺着街道往前走。他一只手摇晃着镶有银边的手杖，另一只手则被帕琪紧紧地扣着。因为晚上特别冷，这个女孩穿上了一件简单的灰色斗篷。她的衣服都是自己缝制的，平平常常的布料和式样，但是能完美地贴合她的身材，使她看起来既精致又优雅，有好几个走过她身边的人又转过头，好奇地盯着她看。

透过人群穿行了几个街区之后，他们拐进了一家小餐馆，里面有很多白色的圆桌，坐满了一言不发忙着吃饭的老主顾。

餐馆老板跟少校点点头，对着帕特丽夏微笑。他们径直走到角落里那张小桌子旁坐了下来。

"今晚领到工钱了吗？"女孩问道。

"当然喽，我的好帕琪。"

"交给我吧。"

少校立刻照做了。女孩仔细清点了一下数目，把钱装进了她的钱包里，然后递给她爸爸一个五角钱的硬币。

"记住哦，少校，别大手大脚花钱！尽量让这笔钱撑得久一些，不要邀请任何人跟你一起喝酒。"

"好的，帕琪。"

"那我现在要点餐了。"

服务员站在她的旁边，弯下腰微笑着看着她，好像这里每个人都会对帕琪微笑。

他们点了经常吃的那些东西，帕琪迟疑了一会儿之后又加上一句：

"给这位少校上一瓶红葡萄酒吧。"

少校惊讶得差点喘不过气来。

"哦！帕琪！"

女孩欢快响亮的笑声突然充满整间餐馆，周围吃饭的人全都抬起了头，看着女孩微笑。

"我可没有发疯哦，少校，"她一边说一边拍打着她爸爸伸过来的手，既是因为高兴，也是不想让她爸爸阻止她，"我刚刚涨了工资，所以我们要庆祝一下。"

她爸爸把餐巾塞到下巴底下，疑惑地看着自己的女儿。

"博尔恩夫人今天早上把我派到了麦迪逊大街上一栋时髦漂亮的房子里去干活，因为她手下所有的人都走不开。我按照自己想出的最棒的发型梳好了那位女士的头发，她说这比朱丽叶做出的发型要好得多。她还写了一张纸条让我带给博尔恩夫人，让我顶替朱丽叶在她那边的工作。夫人拍拍我的头，夸了我几句，把我的薪水涨到了一周十美元，十美元哪，少校！就跟你当那个苦命的记账员赚得一样多！"

"我的小乖乖！"吃惊的少校蹦出这么一句，盯着女孩那双闪闪发亮的眼睛，"如果一直碰上这种好事儿的话，我们就要成百万富翁啦，帕琪。"

"现在我们就是百万富翁啊。"帕琪快活地说，"我们都身体健康，惜福知足，有足够的钱维持生计，用不着成天忧心忡忡的。你知道我怎么想的吗，少校，亲爱的爸爸？你可以去拜访你的上校了，这个假期一定会让你身心舒畅的。整个七月份你都可以待在那里，因为这五年来你从没有休息过。今天中午我已经跟科诺弗先生见过面了，他说很乐意让你休息一个月，并且会在此期间保留你的位置，你一回来就可以上班。"

"什么？你跟老科诺弗说起我了啊？"

"就今天中午，一切都安排妥当了。好爸爸，你会跟老上校共度一段了不起的精彩时光的。但愿他有一个强健的心脏，因为你终于有机会跟他相聚了，这一定会让他喜出望外的。"

少校扯出他的手帕，使劲儿擤着鼻子，接着又偷偷地擦擦他的眼睛。

"哦，帕琪，帕琪，你真是我的天使，比天使还好，好得多。"

"这还用说嘛，少校。快试试你的葡萄酒吧，看看味道怎么样。再把你的鱼吃光光，不然它会冷掉的。我不会再对你这么好啦，先生，除非你能看起来开心一点。哎呀，你看起来就跟老科诺弗一样愁容满面的。"

少校爽朗地笑了起来。

"要是我亲亲你的话会不会看起来很奇怪呀，帕琪？"

"现在？"

"就现在，就在这里！"

"那当然奇怪啦。你要表现得像绅士该有的样子，规规矩矩地用你的晚餐！"

这是一顿很棒的晚饭，虽说每份食物的价格都只有二十五美分，但是跟这两个心地纯净的人在达根街上的小餐馆里所吃的东西相比，就连住在奥林匹斯山的诸神也从来没有享用过比这更完美的食物。

喝咖啡的时候，少校突然往前倾着身子，内疚地看着帕琪的眼睛。

女孩注意到了她爸爸奇怪的表情，"好啦，有什么事你就说吧。"

"是一封信。"少校告诉她,"昨天还是前天收到的,我记不太清了。"

"一封信?!谁写来的?"女孩大声问,非常惊讶。

"一个坏心眼儿的老女人。"

"那是谁啊?"

"是珍,你妈妈的姐姐,我能从信封口那儿的徽章判断出来。"少校从他胸前的口袋里掏出了一封皱皱巴巴的信。

"哼,那个人啊!"帕琪轻蔑地说,"她怎么心血来潮写了一封信给我?"

"你读读这封信就知道了。"少校提议道。

帕琪撕开信封,很快地扫了一眼信里的内容,她的眼睛里像是突然着了火一样。

"写的什么,宝贝儿?"

"一些羞辱我们的话而已!"女孩把信纸揉成一团,塞到她的裙子口袋里,"点上你的烟斗,亲爱的爸爸,就在这里——我来划火柴。"

第四章　露易丝的发现

"这次的招待舞会怎么样,露易丝?"

"很不错,妈妈,而且我还查清了一件事。那个一直陪着我的哈利·温德汉姆只是温德汉姆家族的一个穷亲戚,除了靠自己的双手挣来的钱,他一个多余的子儿也拿不到。"

"这我知道,"梅里克夫人说,"但是哈利可以进入一些要求很高的社交圈子。露易丝,我希望你能对他好一点,会派上用场的。"

"哦,那是当然,我觉得他很喜欢我,只是显得呆头呆脑的。对了,妈妈,昨天晚上我碰到了一件有趣的事,一直没找到机会告诉您。"

"什么事?"

"这件事让我非常震惊。您不是从博尔恩夫人那里雇了一个女孩给我做头发吗?您注意过那个女孩没有?"

"我好像没有碰见她,是不是她做得不好?"

"那个女孩很聪明,做头发的手艺非常不错。她个子很小,看上去很严肃,长相绝对算不上漂亮,打扮也是普普通通,要不是从她的衣服里掉出了一封信,我几乎都没有注意到她。那封信正好掉在我脚边上,收信人那里写着埃尔姆赫斯特的珍·梅里克小姐。我很好奇一个做头发的为什么会给珍姑妈写信,所以就想办法在她离开前把那封信一直藏在我的裙子里。信封好了口,还贴了邮票,但我浸湿了信封口,很容易就把它给打开了。您猜信里写着什么?"

"这我可猜不到。"梅里克夫人回答道。

"信在这里,"露易丝拿出一封信,小心翼翼地打开来,"我来读给您听。'珍姨妈,'您看,她甚至都没有加上'亲爱的'或是'尊敬的'这些字。"

"你写信过来,要我去看望你,这对我来说简直是一种侮辱。这么多年来,你对我们不闻不问,我可怜的妈妈还在世时,她那么需要你的帮助,却被你断然拒绝。感谢老天爷,现在我和爸爸即使没有你的关照和扶持也能过得很好,因为我可敬的爸爸,格雷高利·道尔少校事业成功,挣来的钱足以让我们生活得很好。所以我把支票退还给你,并多谢你的好意。如果你真的病重,我为此感到遗憾,并会在你没法雇上二十来个护士,并且保证每一个都对你满怀爱意和尊重的情况之下,赶过去照顾你。"

"你愤怒的外甥女,帕琪。"

"您怎么看这封信呢,妈妈?"

"这件事还真奇怪,露易丝。这个做头发的女孩居然是你表妹。"

"应该就是这样,而且她一定很穷,不然她不可能做这种女仆的工作。我记得有一次因为她扯到了我的头发,我狠狠地骂了她一顿。她当时就像只兔子一样老实,一声都不敢吭。"

"尽管这样,她可不是个逆来顺受的角色,这封信就是证明,"梅里克夫人提醒道,"而且我很欣赏她表现出来的态度。"

"我也是啊,"露易丝笑着说,"这样一来,我成功的路上就少了一个对手。这封信里面夹着珍姑妈寄给她的支票,和我收到的那张一模一样。我猜那个德·格拉夫家的女孩也一样收到了去埃尔姆赫斯特的邀请,珍姑妈想要我们每个人都过去,也许是想从我们中间挑选一个她的继承人。"

"这很有可能。"梅里克夫人一边说,一边不安地盯着女儿的脸。

"既然如此,我打算接受这样的挑战。"露易丝接着说,"道尔家的孩子已经不足为虑了,接下来的事情很简单,我会跟那个未知的德·格拉夫表妹较量,看谁能赢得珍姑妈的欢心。哪怕事实证明我是最差劲的一个,这种竞争也足够刺激有趣。"

梅里克夫人严肃地说:"这样的竞赛没有任何危险性,而且一旦获胜,你可以得到高额回报。露易丝,我已经知道你珍姑妈的手里有五十万美元的财产。"

"它们都会成为我的。"露易丝显得很有把握,"除非德·格拉夫家的那个女孩确实是个聪明得不得了的人物。她叫什么名字?"

"好像是贝丝,不过我不确定她是不是还活着。亲爱的,我已经有十多年没有德·格拉夫家的消息了。"

"不管怎样,我都会接受珍姑妈的邀请,而且帕琪的拒绝信有多刻薄,我的感谢信就会有多亲切。珍姑妈接到那个女孩的信一定会气得发狂的。"

"你要把那封信寄出去吗?"

"为什么不呢?只要再把信封好口,丢进邮筒就行了。这封信能确保道尔小姐永远都没有机会继承到珍姑妈的遗产。"

"支票怎么办呢?"

"我会把支票留在回信里,因为把它兑成现金的话一点也不安全。"

"但是你把支票拿走的话,珍会认为是那个女孩留下了这笔钱,她就会对那个女孩更没有好感。"

露易丝想了一会儿之后说:"不,我绝不会冒险去做任何一件能让别人查到我头上来的不诚实的事。每个女人都可以用自己能拿得到的最好的牌,利用谋略来赢得人生中的牌局。但如果必须通过欺骗来获胜,我会退出赛局的,因为金钱并不能补偿一个女孩失去的自尊。"

梅里克夫人瞥了女儿一眼,笑了起来,也许露易丝一本正经的豪言壮语并不会给她留下多深的印象。

第五章　埃尔姆赫斯特的珍姨

第五章 埃尔姆赫斯特的珍姨

"快扶我起来，菲布斯——不，不是这样！该死！你怎么笨手笨脚的——想把我的背给折断吗？扶那里！嗯，这还差不多。把枕头垫到头这里。啊——噢！你干瞪眼傻站着干嘛？你这个老不中用的。"

"您今天早上感觉好点了吗，珍小姐？"这个叫菲布斯的贴身女仆恭恭敬敬地问道。

"没有，更糟糕了。"

"您看上去气色好一些了，珍小姐。"

"别犯傻了，玛莎·菲布斯。我知道自己怎么样，比任何医生都清楚，而且我还可以告诉你，我就快死了。"

"有什么不对劲的吗，小姐？"

"当然了，我总不能好好儿的就寻死觅活，对吧？"

"我希望不会，小姐。"

"你这话什么意思？！你在讽刺我对吧？！是不是欺负我现在身体虚弱，还孤苦伶仃的？说啊，你这个胡说八道的大笨蛋！"

"您肯定很快就会好起来的，小姐。我推您到花园里走走吧。今天天气很不错，外面阳光很好，也很暖和。"

"那你就动作麻利点儿，我都快被你那千年不变的慢吞吞给烦死了。如果一件事非做不可，那就快点做，这就是我的座右铭。"

"是的，珍小姐。"

这位老仆小心翼翼地把女主人的轮椅从房间里推了出来，穿过一条富丽堂皇的过道，来到了这幢豪宅后面的一个平台上。在这里可以看到精心照料下的花园，早晨温暖的空气里充满了鲜花馥郁的芬芳。

珍·梅里克嗅着花香，脸上满是喜悦。她犀利的视线在面前铺陈开来的绚丽色彩里巡游，灰眼睛里闪耀着光芒。

"我要到花园里去，菲布斯。今天说不定就是我在地球上的最后一天了，我要在跟这些花朵永别之前，跟它们在一起待上个把小时。"

菲布斯拉了拉一根绳子，很远的地方传来了一阵柔和的铃声，一个年迈的男人出现在房子的拐角处，慢慢地走了过来。他的头发全掉光了，系着一条帆布的短围裙，手里还拿着一把园艺用的大剪刀。他既没有跟女主人打招呼，也几乎没看女主人一眼，只是径直走上了平台，帮着菲布斯把轮椅抬到了花园里。

"玫瑰花长得怎么样，詹姆斯？"

"不咋地，小姐。"他回答道，然后转过身，返回原先拐角处继续工作。珍小姐似乎对他无礼的态度并不介意，甚至在看着那个园丁背影的时候，她的眼神还变得温柔了一些。

珍小姐身处花丛之中，好像正在享受一场盛宴。菲布斯慢慢推着她走过花圃间一条条窄窄的通道。她时不时地停下来，轻轻抚摸花瓣，或是摘掉枯死的叶子和树枝。玫瑰花开得绚烂夺目，阳光和煦，温度宜人，蜜蜂嗡嗡地不停哼唱，声音既悦耳又甜美。

"真的很难抛下这些花一走了之，菲布斯。"轮椅上的老妇人声音有些哽咽，"但是，要死也是没办法的事。"

"还得有好一阵子才能到那天呢，珍小姐。"

"不会太久了，菲布斯。但我会尽力活到我的侄女和外甥女赶过来的那天，这样我才能决定谁能够在我离开后照顾好这座老宅子。"

"是的，小姐。"

"我已经收到了两封回信。我刚抛出诱饵，她们就跳起来接住了，速度可真够快的。不过这也是人之常情，而且她们的信也写得很得体。贝丝说她很乐意过来看我，并且感谢我邀请了她。露易丝·梅里克也说她很高兴过来，并且希望我的身体并无大碍，她还说在我们成为朋友之后，她会再过来看望我。这种想法倒是不错，不过我知道自己已经时日不多了。"

"嗯，珍小姐。"

"如果我死了，谁能够得到我的钱，还有我心爱的埃尔姆赫斯特庄园呢，菲布斯？"

"我完全想不到，小姐。"

"我也不知道，但那些钱是我的，我想怎么用就怎么用，我对任何人都不承担任何义务。"

"除了肯尼斯。"老妇人的背后响起一个温和的声音。

珍·梅里克因为突然被人打扰愣了一下神，接着气得涨红了脸。

一个矮小瘦弱的男人绕过轮椅。他穿着黑色的衣服，胡子刮得干干净净，脸上有深深的皱纹，说话的语气虽然和蔼，但很有力量，而且有种深谋远虑的意味。尽管他戴着一副笨重的框架眼镜，举止有一点拘谨和不自在，但他仍然对自己的老朋友直言相告，并不在意是否会引发老妇人的满腔怒火。

"没有一个人比你更加了解自己的职责和义务，亲爱的珍小姐，而且也没有任何人能比你更加恪尽职守。不过你近段时间的行为让我很疑惑，为什么你要从一些既没有阅历，又没有能力的女孩子里面挑选一位来继承托马斯·布拉德利的财产呢？他不是在遗嘱里特别提到了要你在他任何一个亲戚需要帮助时照顾好他们吗？肯尼斯·福布斯是他的亲外甥，虽然他是在汤姆死后才出生的，但他现在是孤零零的一个人，自从八年前他母亲去世之后，他就没有了任何经济来源。我认为即使托马斯·布拉德利去世的时候他妹妹还没有结婚，他也一定料到了她将来会结婚生子，而且肯定希望你能照顾好肯尼斯。"

"他没有要求我把任何财产留给那个男孩，"老妇人怒声反驳，因为强压着愤怒而脸色苍白，"你非常清楚这一点，塞拉斯·沃森，遗嘱就是你来拟的。"

那位老绅士慢慢地用拐杖在铺着砂砾的小道上画着图形。

"没错，我是起草了遗嘱，"他慎重地说，"而且我记得他把财产全都留给了他的未婚妻，也就是你。所有他拥有的东西，他都心甘情愿，满怀深情，并且毫无保留地留给了你，他非常爱你，珍小姐。但也许他终究还是有些良心不安，所以才在遗嘱里加上了这句话：我希望你能照顾我唯一的亲人，我妹妹凯瑟琳·布拉德利，还有她所有的子孙后裔。珍小姐，在我看来，这就是一项明确的义务。那个男孩现在已经十六岁了，而且跟其他同龄的年轻人并无两样。"

"呸！那个蠢蛋——那个笨手笨脚，粗野无礼的兔崽子，当个小马倌儿还差不多！我了解他，塞拉斯，我知道他永远都是一文不值。留些钱给他？除非我在这世上一个亲人都没有！"

"你对他的看法是错的,珍。如果你能对肯尼斯亲切一些,他会是个不错的孩子。他只是没法忍受你对他的虐待,而且我不会因为他这样而看不起他。"

"为什么说我虐待他?难道我没有给他房子住?没有让他上学?我做这些就是因为托马斯要我照顾他的亲人,但这个孩子一直都忤逆不孝,冥顽不化。我的善意所得到的回报就是他那一副阴沉愠怒的鬼脸色,我们之间已经没有什么感情可言了。"

"你因为自己不得不承担这个义务而心怀怨恨,珍。所以尽管你表面上该做的都做了,但心里对这个要求并不买账。那个男孩不喜欢你,我一点都不怪他。"

"你——"

"好吧,珍,你要是愿意的话,扑过来揍我一顿好了,"那个矮个子男人笑着说,"但只要我们还是朋友,我仍然会对你实话实说。"

老妇人拧在一起的眉头稍稍舒展了一些。

"正因为这样我们才能做朋友,塞拉斯,不过现在跟你吵架一点用都没有,我已经命在旦夕,再过几天就会两眼一闭腿一伸了,所以请再忍耐我一点时间,老朋友。"

男人握住老妇人枯瘦的手,温柔地亲了一下。

"你的身体并没有那么糟糕,珍。我能肯定你还会跟我们在一起相处很长一段时间。不过你今天显得比平常更加暴躁易怒,我担心那些女孩过来对你并没有好处,她们真的会来吗?"

"有两个肯定会,她们已经回了信给我。"

"这封是刚到的,"塞拉斯说完,从口袋里拿出一封信,"也许这里面有第三个女孩的消息。"

"我的眼镜,菲布斯!"珍小姐急切地大喊,玛莎立刻跑到房子里去拿眼镜。

老律师好奇地问:"关于那些女孩的事,你都知道些什么呢?"

"一无所知。在你帮我打听到她们的消息之前,我几乎都不知道她们的存在,不过我会利用这段时间来考察她们,了解她们,找到最合适的那一个来继承我的财产。"

沃森先生叹了口气。

"那肯尼斯呢?"他问道。

"我会给那个男孩提供一份年金,尽管我觉得他根本就不配。在死亡朝我慢慢逼近的时候,我生起了一种奇怪的念头,想把财产遗赠给一个跟我有血缘关系的人。这或许是因为很久以前我对自己的兄弟姐妹太不慷慨了吧,塞拉斯。"

"也许不是。"塞拉斯低声回应。

"所以我要在他们的孩子中挑出一个来进行补偿,如果这三个女孩中有任何一个能配得上这份财产的话。"

"要是三个人当中没有一个能配得上呢?"

"那我就会把每一分钱都捐给慈善机构——留给肯尼斯的年金除外。"

老律师笑了一下。

"我们一起来祈祷她们能达到你的要求吧,珍。如果埃尔姆赫斯特变成了一所医院,我心都会碎掉的。"

菲布斯拿着眼镜走了过来,珍·梅里克开始读信,每读一行字,她的脸色就严峻一分,最后还用力地把信纸揉成了一团。但是一会儿之后,她又小心翼翼地把它弄平,放进了信封里。

塞拉斯·沃森一言不发地看着她。

最后他还是开了口:"是另一封接受邀请的回函吗?"

"不是,是拒绝信。那个爱尔兰人的女儿——帕琪——不愿意到这里来。"

"这样做可不太好。"律师嘴上虽这么说,心里却是松了一口气。

"我倒不这么想,"珍小姐说,"那个女孩做得对。如果我处在这样的境况下,也会写一封像这样的回信的。塞拉斯,我要再写一封信给她,跟她说些好话,尽量让她答应过来。"

"你真是让我刮目相看!"

"连我自己都觉得不可思议,但我就是想要见见那个帕特丽夏·道尔,说不定我已经发现了一座金矿呢,塞拉斯·沃森!"

第六章　那个男孩

塞拉斯·沃森跟陶醉在花丛间的女主人道了别,一边想着心事,一边慢慢沿着花圃间的小道往前走,来到了老宅子的最左边。在这里,塞拉斯的半个身子都被攀爬缠绕在一起的玫瑰花枝给遮住了,他走上一级级的阶梯,阶梯通往一个围着铁栏杆的阳台,再往上有一个窄楼梯通向房屋最顶层的房间。

尽管珍姨对其他人都比较吝啬,但在埃尔姆赫斯特的维护和保养上倒是很舍得花钱。她雇了很多人来照料房子和花园,畜棚里养着上等的马匹。只要健康状况允许,她每天晚上都会在那间豪华的餐厅里用一顿隆重的晚餐,独自一人,高贵而又庄严。只在很少的情况下,她的密友塞拉斯·沃森才会坐到对面的椅子上,而"那个男孩"则从来都不被允许踏进这个房间。事实上,要准确地说明肯尼斯·福布斯在埃尔姆赫斯特的地位非常难。他母亲死的时候,他只不过是一个沉默寡言、毫不起眼的八岁孩子。沃森先生把他带到珍·梅里克的面前,坚持要她为汤姆·布兰德利这个孤苦伶仃的外甥安排一个住处。

珍很不情愿地接下了这个担子,在庄园的最左边给了这孩子一个小房间,好离她自己住的地方尽量远一些。她把照料他的大小事情全交给了老管家米泽莉·阿格纽。米泽莉倒也还算尽职尽责,只是她既然觉察到了女主人对这个男孩冷冰冰的态度,又把这个男孩看成了一个寄生虫,所以大部分时间都对他不管不顾也就不奇怪了。

肯尼斯自打他来埃尔姆赫斯特的第一天开始,就知道自己的存在会让珍小姐反感。漫长又难熬的一年年光阴流逝,他变得胆小怕事，更加不擅长跟人打交道。他渴望从这个牢笼一样的地方逃出去，但心里清楚没有任何一个地方会对他张开热情的怀抱。他唯一的朋友就是那个律师，只有他才会过来看看自己，并且愉快地跟自己聊聊天。沃森先生还安排了那个乡村助理牧师的儿子来教肯尼斯，让他准备参加大学的入学考试。可惜要么是老师的水平不够，要么是学生根本没有用心，肯尼斯·福布斯已经十六岁了，却还是对很多东西一无所知，对读书也提不起什么兴趣。

这个年轻人矮矮瘦瘦的，长着一张阴郁的脸，甚至连他最忠诚的朋友塞拉斯·沃森都觉得他的举止笨拙粗俗，不讨人喜欢。如果他在另一种环境中长大，或是被人用另一种方式对待，可能会变得跟现在不一样，不过这只能是假设而已。沃森先生慢慢爬上那些楼梯，走向肯尼斯住的那个小房间。他不无遗憾地叹了口气，最终还是觉得自己并不能责备珍小姐没有把她的财产留给这个粗野阴沉的年轻男孩。肯尼斯只是她死去的爱人在遗嘱里强加给她的一项责任，而她可以只按字面要求来履行条款，所以她有"照料"汤姆亲属的义务，但并不是非得把财产留给肯尼斯不可。

尽管看起来有些奇怪，但这位老律师就是喜欢那个男孩，并且希望他能成为埃尔姆赫斯特的主人。有时在他们两人单独相处的时候，肯尼斯会忘记自己正寄人篱下、备受冷落，这时他的言谈会变得既有风度又有活力，让沃森先生很是震惊。他坚信在那张木讷寡言的面具下，隐藏着男孩迥然不同的个性，也许在未来的年月里，这个被忽视的年轻人会性情大变，为自己赢得所有人的尊重和赞美。不过这些智慧的炽热光芒只在极少的时候才会爆发一阵，并且只有这位律师才能看到。

他走进房间，看见那个男孩无精打采地躺在靠窗的椅子上，手上拿着一本打开了的书，眼睛却迷茫地盯着远山上的那片榆树林。

"上午好啊，肯。"律师简短地打了招呼，坐在年轻人的旁边，把书拿到了自己手上。书页的空白处几乎被形形色色的图画给填满了——有远处的树林和近处的玫瑰园；有猫在对着愤怒的狗吐口水；有米泽莉、园丁詹姆斯、珍姨、甚至是塞拉斯·沃森自己的漫画像。这些画全都画得栩栩如生，老律师觉得简直像是出自天才之手。这时那男孩转过头来看了看他，然后抢走了那本书，从打开的窗户丢了出去，嘴里还不耐烦地大骂了一句。

律师默默地点燃了自己的烟斗。

"为什么这么做，肯尼斯？"他问男孩，"那些画都非常不错，值得好好保存。我一直不知道你有绘画的天分。"

男孩瞥了他一眼，没有回答。律师沉默地抽了一会儿烟之后，又开口说话了。

"你舅妈的病恶化得很快。"虽然他们之间没什么感情，但肯尼斯已经习惯了把珍·梅里克叫作舅妈。

男孩一声不吭，连眼皮都没有抬一下。律师停了一下又继续往下说："我觉得她撑不了多久了。"

男孩盯着窗子外面看，用手指击打着窗台。

"她过世之后，埃尔姆赫斯特就会有一个新主人，你就不得不搬出去了。"

男孩猛地转过头来，怀疑地看着他。

"你十六岁了，没有上大学，甚至连店员都当不好。你将来要做些什么，肯尼斯？你打算以后去哪里？"

男孩耸了耸肩。

"珍舅妈啥时候会死？"他问律师。

"我希望她能活得久一些。但说不定明天她就不行了。"

"等她死了，我再来回答你的问题，"男孩粗声粗气地说，"如果有人要我从这个鬼地方搬出去，我一定会给自己找点事情来做。现在我还想不出要做些什么，时候没到我也懒得去想。"

"你能找份工作来养活自己吗？"老律师问他。

"也许不行，但总会找份活干的。我不会变成乞丐吧？"

"我也说不好。这要看珍舅妈会不会在遗嘱里给你留点什么东西。"

"我倒希望她一分钱也别给我！"男孩突然暴怒地大喊，"我恨她，而且巴不得她死掉，这样我就不会再见到她了！"

"肯尼斯——肯尼斯，小伙子！"

"我恨她！"男孩眼里闪着愤怒的光芒，"自从我看到她的第一天开始，她就一直在辱骂我，鄙视我，羞辱我。她死了我会很开心，而且她那些臭钱我一个子儿也不想要。"

老律师敲了敲烟斗，不紧不慢地说："钱嘛，对于那些没能力挣回柴米油盐的人来说，是必不可少的东西。而且她留给你的钱——我是说假如有这笔钱的话——并不是她的，记住，那是你汤姆舅舅的钱。"

"汤姆舅舅对我爸爸很好。"男孩的声音温和了一些。

"喏,汤姆舅舅本来是要娶珍舅妈的,这才把钱都留给了她,但是要求她必须照顾他的亲人。所以,你舅妈一定得给你留足够过日子的钱。不过这个庄园会落到别人手里,到那时你就必须得搬出去。"

男孩问道:"谁会得到埃尔姆赫斯特呢?"

"你舅妈有一个侄女和两个外甥女,都是些年轻女孩。她已经邀请了她们都到这里来,庄园的新主人有可能就是这些女孩中的一个。"

"女孩子!到埃尔姆赫斯特来?!"男孩往后一缩,眼睛里满是恐惧。

"确实如此。好像有一个拒绝了邀请,但另外两个会赶过来,一心想要讨你舅妈的欢心。"

"她不会喜欢任何人的。"男孩不假思索地说道。

"能得到她的财产就行,这不是一码事。她最喜欢的那个可以得到这幢庄园。"

肯尼斯笑了起来,脸上突然变得容光焕发。

"可怜的珍舅妈!就连我都有些同情她了。她必须亲眼看着那两个女孩为了得到埃尔姆赫斯特在她面前拼命地奉承讨好,而这样一个无情恶毒的老女人从来不爱任何人,除了她自己。"

"还有她的那些花。"律师补充道。

"噢,没错,可能还有詹姆斯。告诉我,为什么她会喜欢那个园丁,却要讨厌我?"

"詹姆斯照料花园,而那些花正是珍·梅里克全部的生活寄托,这样的解释很合理吧?"

"我不知道。"

"不要为那些女孩子烦恼,肯尼斯。你很容易就能避开她们。"

"她们什么时候过来?"

"应该是在下周。"

男孩仓惶地四处张望,就像一只关在笼子里的老虎一样。

"她们应该不会知道我住在这里。"他开始自我安慰。

"也许是这样。没有其他人来过花园的这一端,我也会告诉米泽莉把一日三餐都送到这间屋子里来。不过万一她们发现你了,并且把你赶出了房间,你就过来找我,我会在那些女孩离开之前保护你的。"

"谢谢你,沃森先生,"男孩显得有礼貌了一些,"我并不是害怕这些女孩,只是她们可能会像珍舅妈一样羞辱我,我没法忍受更多这样的事情了。"

律师和蔼地说:"我不了解她们,所以不能为这些女孩做什么担保。但是她们都很年轻,而且可能也像你一样,在埃尔姆赫斯特会感到不自在。肯尼斯,孩子,现在最要紧的就是你自己的未来,你要好好想想以后怎么过日子。"

"哦——,那个啊,"男孩又变回郁郁不安的模样,"我觉得那没有什么大不了的。不管怎么样,时候未到我是不会费劲去想这些的,你担心的这些事跟你其实没什么关系。"

第七章　第一次警告

有那么一两天的时间，珍·梅里克的身体似乎恢复了一些，玛莎·菲布斯还宣称女主人的状态比前几个星期都要好。但就在接下来的那个晚上，老仆人被一声尖叫惊醒，她立刻冲到了女主人的身旁。

"怎么啦，夫人？"她声音颤抖地问。

"我的腿！我有一条腿不能动了，"女主人喘着粗气说，"快给我按摩一下，你这个蠢家伙！使劲按，按到你倒下为止，看能不能让它恢复过来。"

玛莎照做了，但没有起到任何作用，马夫奥斯卡赶紧骑马去请医生。天刚破晓的时候医生来了，在给这位老妇人做了一个简单的诊断后他摇了摇头。

"这是身体机能衰退的第一次警告，不过没有什么好害怕的。换句话说，目前还没有大碍。"

"这条腿是瘫了吗？"珍·梅里克问医生。

"是的，这是轻微中风的后遗症。"

"我还会遇到这种情况吗？"

"恐怕是这样。"

"还有多久？"

"可能是一周——一个月——或者是一年。有时也可能不会再次发作。别担心，夫人，安安心心地躺着休息就好。"

"哼！"老妇人不满地咕哝了一声。但还是难得地平静了下来，听从了医嘱。塞拉斯·沃森在中午前赶到了，他满怀真诚的怜悯紧紧握住珍枯瘦的手。不管他们的性情是如何天差地别，两个人一直都是朋友。

"我能为你起草遗嘱了吗？珍？"他问道。

"不！"老妇人厉声回答，"我告诉你，现在我还没打算死，我要活着实施我的计划，塞拉斯。"

她真的挺了过来，而且一天天过去，她的身体似乎还变好了一些，只是那条瘫痪了的腿再也没有恢复。

每天，菲布斯都把轮椅推到门廊那里，然后由老詹姆斯把它搬到花园的小径上，在那里，珍可以尽情欣赏那些美丽的花朵。他们在一起时几乎不说话，但两人之间似乎有种奇怪的同病相怜的纽带。

七月的第一天终于到了，奥斯卡被派到了六公里开外的火车站，去接最先赶来的贝丝小姐。

贝丝穿着一件新礼服，显得朝气蓬勃，看起来非常迷人，并且跟人打招呼时总是保持着一种沉着优雅的风度。在乘车穿过庭院的时候，她谨慎地观察了一下埃尔姆赫斯特庄园，立刻打定了主意非要得到这里不可。

珍姨仔仔细细地看了看站在面前的女孩，"你就是贝丝对吧？你可以过来亲亲我了，孩子。"

贝丝走上前，竭力压制着对这个不苟言笑的老妇人的反感，用嘴唇碰了碰那满是皱纹的额头，然后马上退了回去，认真打量着轮椅上的人。

珍·梅里克笑了起来，带着一些嘲讽的意味。

"说吧，你觉得我怎么样？"她对着女孩发问。

"您这个问题问得太早了一些，"贝丝尽力使自己的声音听起来更加柔和，"虽然我想好了要努力喜欢上您，但毕竟我们才刚见上第一面。"

"你不是应该喜欢我吗？为什么你要努力才能喜欢你母亲的姐姐？"

贝丝的脸突然涨红了，虽然她向自己保证过不管她姨妈说些什么或是做些什么，都不要发怒或是心烦意乱，但在控制住自己的情绪之前，还是有一种愤懑的神情从她脸上一闪而过。珍·梅里克全都看在了眼里。

"因为您的名字在我们家几乎无人提起，要是您不写信给我的话，我根本就不知道自己有这么一个姨妈。您说想要我们变得更亲近一些，正是出于这个目的我才来到这里。珍姨妈，我希望我们能够成为朋友，但在此之前，我们最好都不要谈论过去的事情。"

珍皱起了眉头。对她来说，读懂眼前这个孩子的性格并不是什么难事。她看得出来，贝丝对她抱有很大的成见，也确实在努力不让这种成见影响到自己的判断。珍决定等到另一个合适的时机再找贝丝谈谈。

"赶了这么远的路，你应该很累了。我让米泽莉带你去房间休息。"她说完按了一下身边的呼叫铃。

"我并不觉得累，但是如果您这么要求的话，我这就到房间里去。"贝丝顺从地回答，她觉得自己想留下一个好印象的努力已经失败了。"我什么时候能再见到您呢？"

"等我派人叫你的时候再说。"珍姨妈的声音突然变得很凌厉，"我想你应该知道我腿瘫了，并且随时可能会死吧？"

贝丝支支吾吾地说："我很抱歉，不过您看起来好像没有病得很严重。"

"我说不定连一个小时都撑不过去了，不过这跟你没有什么关系。还有，你表姐坐的火车下午会到。"

贝丝愣了一下。

"我表姐？"

"没错，露易丝·梅里克。"

"呃……"贝丝刚开口，又突然打住了。

"你什么意思？"珍姨的脸上似乎挂着一丝冷笑。

"我不知道我还有一个表姐。"女孩刚说完又纠正自己的话，"我是说，我一直不知道露易丝·梅里克是不是还活着。我以前听妈妈提过她一两次，但后来就没有再说起过。"

"她活着，并且还活得不错。你在这里的这段时间，她也会住在这里，我希望你们能成为朋友。"

"一定会的。"贝丝很快回答，心里却感到非常不安。

"晚饭七点钟开始，"珍姨说，"我的午饭都是在自己房间里吃的，你也可以这么做。"她说完挥了挥瘦骨嶙峋的手，让女孩离开。

女孩跟着老管家穿过大厅时脑子一直转个不停，她意识到要让那个老妇人喜欢自己并不是件容易的事，对这个计划也产生了一些反感。她怀疑自己这么努力地压抑本性，试图迎合一个就是要跟自己过不去的人是不是一个错误。还有这个露易丝·梅里克，她为什么会来埃尔姆赫斯特？是来跟自己竞争这个志在必得的超级大奖吗？如果是这样的话，她必须好好考虑一下自己的行动计划了，没有哪个对手可以把这座漂亮的庄园从她的手上夺走。贝丝紧跟着老米泽莉穿过走廊，因为想到了可能会遭遇的争夺战，紧张得全身的肌肉都变得硬邦邦的。她一直都很厌恶克拉夫顿的那种贫贱的生活，从她刚刚懂事开始,她就满心盼望能逃离她那永无休止争吵着的父母,他们徒劳地装点门面,为了把那些贪婪的债主从门口赶走而苦苦挣扎。现在摆在她面前的是一个绝好的机会,她可以得到一大笔钱,还有一座漂亮得像皇家宫殿一样的庄园,只要能让一个乖戾唠叨的老女人喜欢自己就行了,所以不管采取什么手段,她一定要博得珍姨妈的欢心。但是到底该怎么做呢?她怎样才能赢过那个马上就到的神秘表姐呢?

女孩走进她那间漂亮的卧室,在椅子上坐了下来,下定决心要夺得最后的胜利。这样的机会只有一次,如果失败的话,她也许会一辈子都挣扎在贫困之中。

这时她注意到,那个老管家就站在她面前,正在好奇地盯着她看。女孩立刻一跃而起,张开手臂抱住了米泽莉,并且亲了亲她那满是皱纹的脸颊。

"谢谢您对我这么好,我以前从来没有离开过家,所以在埃尔姆赫斯特的这段时间,我会把您当成自己的妈妈一样看待。"

老米泽莉微笑着抚摸女孩柔亮的头发,欣喜地说:"老天爷保佑你,好孩子!我当然会像你妈妈一样照顾你的。既然你要跟珍·梅里克一起生活一段时间,你会时不时地需要有人安慰你的。"

"她的脾气是不是很古怪啊?"贝丝轻声问。

老管家把声音压得低低的告诉她:"有时她就像个魔鬼一样。不过只要你不介意她发脾气,也不把它们放在心上,你就能很好地和她相处了。"

"谢谢您,我会尽量做到的。"

米泽莉扫视了一下整个房间,然后问贝丝:"你还需要点什么吗,宝贝儿?"

"什么都不要了,谢谢您。"

管家点点头,静悄悄地离开了。

"刚才这一步棋走得还算不错。"贝丝自言自语说道,把帽子放到一边,准备打开自己的小旅行箱,"我已经在这儿交到了一个朋友,她会帮上我的忙的,我还要尽快交到更多的朋友。露易丝表姐!不管你来得有多快,如果你想得到埃尔姆赫斯特的话,你一定得比我聪明才行。"

第八章　天生的外交家

珍待在花园里，尽情地欣赏着美丽的鲜花，呼吸着芳香馥郁的空气。这个小花园是专属于她的，周围有一圈高高的黄杨树篱，跟其他的花圃很不一样。珍自己设计规划了所有花圃的形状和花朵的种类，詹姆斯把她的指令执行得非常完美。这个紧挨着她房间的小花园是她最引以为傲的，里面种的都是些她精挑细选的植物。天气好的日子里，她会在这里待很长的时间，满心喜悦地盯着那些绚丽夺目的花朵看个没完。不管珍·梅里克的脾气有多暴躁，对待花朵她总是特别地温柔，而且在有这些花朵陪伴的时候，她的脾气都会变得好一些。

马夫奥斯卡从树篱的开口处走了进来，碰碰帽子边沿行了个礼。

"我的侄女到了吗？"女主人问。

"她正在来这里的路上，老太太，"马夫咧开嘴笑着回答，"在外面时她停了下来，说是要去采一些野花，还说剩下的路她自己走。"

"采野花？"

"她就是这么说的，老太太。她太喜欢那些花了，忍不住要摘一些，她会跟在我后面走到这里来。"

珍皱着眉头看着奥斯卡，奥斯卡一脸茫然。老妇人捉摸不透这个女孩的葫芦里到底卖的是什么药。埃尔姆赫斯特庄园外面的那些野花都非常普通，并不漂亮，而且她应该知道自己的姑妈正在等她，除非是——

珍突然觉得豁然开朗。

"奥斯卡,那个女孩刚才是不是一直问你话来着?"

"问了我几个问题,老太太。"

"跟我有关系吗?"

"如果我没记错的话,老太太,有些是问您的。"

"你告诉她我喜欢花了吗?"

"我可能提到过这个,老太太。"

珍姨轻蔑地哼了一声,马夫不知所措地眨眨眼,努力摆出一副一本正经的样子。

"你可以走了,奥斯卡,把那个女孩的行李放到她房间里去。"

"好的,老太太。"

奥斯卡转身离开了,珍·梅里克独自坐在那里,眉头紧皱,感到心烦意乱。

不一会儿,一个轻盈优雅的身影从树篱中间飞奔进来,径直跑到了珍·梅里克坐着的轮椅前面。

"哦,我最最亲爱的姑妈!"露易丝大喊,"我终于见到您了,谢谢您邀请我到这里来!"她弯下腰,带着一种欢欣雀跃的神情亲了亲珍姨那张板着的脸。

"你应该就是露易丝吧,"珍姨的表情很僵硬,"欢迎来到埃尔姆赫斯特。"

"您还好吧,"女孩屈膝跪在轮椅旁,握着那双干枯的手,"您受了很多苦吗?亲爱的姑姑!待在这个美丽的花园里,听着鸟儿的鸣叫,享受着温暖的阳光,您有没有感觉好一些了呢?"

"起来,"老妇人声音粗哑地说,"别把衣服弄脏了。"

露易丝欢快地笑了。

"您就别管那些衣服了,跟我讲讲您的事吧。自从收到信之后,我一直都盼着见到您呢。"

珍的表情稍稍放松了一些,谈论自己的病痛总能给她带来某种残忍的满足。

"你应该一眼就能看出来,我马上就要死了,剩下的日子已经屈指可数。如果你待得够久的话,露易丝,可以采些野花装饰我的棺材。"

露易丝的脸微微一红,她的腰带上扎着一束毛茛花和勿忘我,头上还插了一些雏菊。

"请您不要瞧不起这些野花!"她一本正经地反驳,"我非常喜欢花,而且在城市里我们看不到这些野生的东西。"

珍·梅里克若有所思地看着她。

"露易丝,你多大了?"

"刚满十七岁,姑妈。"

"我都忘了你有这么大了。我想想看啊,贝丝最多只有十五岁。"

"贝丝?"

"贝丝,你的表妹。她今天早上到了埃尔姆赫斯特,你在这里的时候可以跟她做个伴。"

"这样挺好的。"露易丝回应道。

"我希望你们能成为朋友。"

"为什么不呢,姑妈?过去我一直不怎么了解我的亲戚,所以能同时见到一个姑妈和一个表妹让我特别高兴。我来给您把枕头放好吧,您看上去有些不舒服。好了!这样好些了吗?"她边说边熟练地拍打着枕头,"我觉得您需要的不仅仅只是一个付工钱的仆人对您的关心和照料,"女孩瞥了一眼站在几步远的老玛莎·菲布斯,压低了自己的嗓门,"不过在这段时间里,我可以当您的护士,好好地照顾您。您应该早点写信让我过来的,珍姑妈。"

"不用麻烦了,菲布斯了解我的需要,并且做得很好,"轮椅上的病人有些不耐烦地说,"你可以走了,露易丝,管家会把你带到房间里去。你就住在贝丝的对面,我希望你们两个七点跟我一起吃晚餐。"

"我能在这里多待一会儿吗?"露易丝恳切地说,"我们在一起还没有说上几句话呢,我现在一点也不累,也不急着去我的房间。哇!这株夹竹桃长得真好!它是您的最爱吗?"

"走开!"老妇人毫不客气地说,"我想一个人待着。"

女孩叹了一口气,又亲了亲珍,然后用洁白的手指温柔地梳了梳老人灰白的头发。

"好吧,我这就走。不过我不愿意被您当成客人来对待,亲爱的姑妈,那样的话我宁愿现在就回家去。您是我父亲的姐姐,如果您多给我一点时间的话,您会喜欢上我的。"

她说完后,迷惑地朝四周看了看,珍伸出一根瘦瘦的手指指向门廊,"你过去,菲布斯会把你带到管家米泽莉那里的。记住,我吃饭的时间是七点整。"

"我会数着时间准点赶到的。"露易丝笑了起来,优雅地跟姑妈道了别,然后转身跟着玛莎走进了房里。

珍·梅里克盯着她的背影,脸上阴晴不定。

"她要是能真诚一点的话,应该会是一个很让人愉悦的同伴,但她并不是真心实意的,她奉承我只是想得到我的钱。如果我不对她多多留心的话,她说不定很快就会得逞。这个女孩是一个天生的外交家,而外交手段在很多时候都能起到决定性的作用。我确实想把埃尔姆赫斯特留给一个聪明的女人,不过我现在还不怎么了解贝丝,我要再观察她们一段时间,给这两个女孩公平的竞争机会。"

第九章　表姐妹

"进来。"贝丝大声回应屋外的敲门声。

露易丝走了进来,她低呼一声跑上前抱住了贝丝,还亲了亲她的脸颊。

"你一定就是我的贝丝表妹吧?终于见到你了,我真是太高兴啦!"她把贝丝又推开了一点点,饶有兴致地打量着她。

贝丝对这个拥抱没有回应,只是眼神锐利地观察着对方。她清楚她们两个人已经开始了博得珍姨欢心的争夺战,在战场上,可不能要求或是期望对方对你的怜悯。

这两个女孩就这样面对面地站着,保持着一臂远的距离,心底都默默盘算着跟对方相比自己的优势在什么地方。

"她长得挺漂亮,不过没有什么特色和风格,"露易丝在心里总结道,"既不机智也不沉着,行为举止也不怎么讨人喜欢。她穿着过时的新衣服,心里想的事情全写在脸上,一眼就能让人看出来。我确定这个女孩不会给我造成什么危险,所以不妨跟她交个朋友。"

贝丝一眼就看出了她这位表姐非常精通人情世故,是一个很危险的对手。露易丝的容貌非常吸引人,身段苗条优美,举止也高雅好看,拥有不少可以加分的优势。不过跟这些相比,她身上的虚伪和做作所占的比重更大,这样的滔滔不绝和热情洋溢经常用来掩饰一个人真正的性情,珍姨妈那么精明而又多疑,应该一下子就能看穿。想到这里,贝丝觉得没有必要为了她的表姐而心神不安,而且她们一直这样盯着对方也显得有些无礼,于是她用尽量愉悦的声音开了口。

"我们坐下来吗？"

"当然喽，我们要好好聊一聊。"露易丝欢快地回答，盘腿坐在靠窗的位置，边上围着一大堆靠垫。

"直到一个小时之前，我才知道你也在这里，"她跟贝丝说，"珍姑妈一告诉我这件事，我就跑回自己的房间，把行李箱打开，简单收拾了几样随身物品，然后马上来这儿找你，打算跟你好好说会儿话。要是你能接受我的话，我想成为你很要好的朋友。"

"我也是今天早上才知道你要过来的。"贝丝慢条斯理地说，"如果我从一开始就知道你要来，就不会接受珍姨妈的邀请了。"

"啊！为什么？"露易丝装出很惊讶的样子。

贝丝稍微犹豫了一下。

"你以前认识珍姨妈吗？"她问露易丝。

"不认识。"

"我也不认识。那封邀请信是她寄到我们家的第一封信，就连我妈妈，也就是她的亲妹妹，都没有跟她通过信。我受到家里人的影响，一直都很讨厌珍姨妈，认为她是一个自私吝啬的老女人。她突然写信要我过来，我还以为她脾气变好了，而且想对亲人友好一些，所以才赶到这里，我压根儿就不知道你也同时被邀请了。"

"你为什么会讨厌我到这里来呢？"露易丝的脸上挂着微笑，"两个女孩在一起当然比一个女孩单独待在这个冷清老旧的地方要更好一些。知道你也在埃尔姆赫斯特，我倒是觉得非常开心。"

"谢谢，你的话听起来让人觉得很愉快，但不太像是你的真心话。我们就别兜圈子了吧,我讨厌虚伪,而且如果我们想成为朋友,应该从一开始就坦诚相对。"

"嗯?"露易丝似乎有些困惑,但看得出来她被逗乐了。

"我很清楚,珍姨妈把我们叫到这里来就是想从我们中间挑出一个来继承她的钱,还有埃尔姆赫斯特。她老了,体弱病重,而且没有任何其他的亲戚。"

"噢,不,她还有。"露易丝纠正贝丝的话。

"你是说帕特丽夏·道尔?"

"是的。"

"你了解她吗?"

"一点也不。"

"她住在哪里?"

"不清楚。"

露易丝面不改色地回答,就好像她从来没有看过帕特丽夏那封措辞激烈的拒绝信,也不知道她是个帮人做头发的小打工妹一样。

"珍姨妈提到过她吗?"贝丝追问。

"我在的时候没有。"

"那么我们可以推断她没有被列入到这个计划里面。"贝丝冷静地分析,"就像我说过的那样,珍姨妈想要从我们两个当中选一个作为她的继承人。我原本以为只要自己能够达到她的要求就行了,但显然我弄错了,因为你会为了得到她的财产而不顾一切!"

露易丝嘻嘻哈哈地笑了起来。

"你还真是有意思呀!"她大声地感叹着,贝丝一直皱着眉头愠怒地看着她,"哎唷!我亲爱的表妹,我才不想要珍姑妈的钱呢。"

"你不想要?"

"一丁点也不想,我也不想要埃尔姆赫斯特,或者是你可能得到的任何好东西,我的好妹妹。我妈妈和我过得还不错,我只是来这里避开一些社交应酬,并且试着跟我姑妈的关系变得亲近一些,就是这样。"

"嘘!"贝丝放松地长吁一口气,靠在了椅背上。

"我们才刚见面你就对我这么坦诚,这非常不错。"露易丝高高兴兴地继续说,"因为这可以让你了解我真正的想法,你也就不会再因为觉得我想跟你竞争而为难我了。现在跟我讲讲你和你的家人吧,你们很穷吗?"

"挺难的,"贝丝的神情很忧郁,"我爸爸是教音乐的,妈妈总是怪他赚不到足够的钱来维持我们的生计。"

"珍姑妈帮过你们吗?"

"我们从没有见到过她的一分钱,尽管有好几次爸爸都向她开了口,想从她这里借点钱来渡过难关。"

"这就奇怪了,她看上去好像还蛮和蔼亲切的啊。"露易丝告诉贝丝。

贝丝愤怒地说:"我觉得她很可怕,不过我一定不能让她知道我内心的想法。我甚至还在她的要求下亲了亲她,靠近她的时候,我的背上起了一层的鸡皮疙瘩。"

露易丝又笑了起来,这次她是真的觉得很有趣。

"你必须要把心里的反感掩饰起来,伊丽莎白表妹,而且要让珍姑妈尝试去喜欢你。我倒是喜欢跟所有的人打交道,而且守在行动不便的人身边,忙个不停地照料他们,让我觉得既充实又快乐。我真应该去接受专业护士培训的，不过，当然不是为了靠这份工作来谋生啦。"

"我也觉得不是。"贝丝说完陷入了沉思，接着又硬生生地转移了话题，"那万一珍姨妈还是把财产都留给你了呢？即使你那么富有，压根儿就不需要那些钱。你说你喜欢照顾病人，但我不喜欢。如果珍姨妈喜欢你更多一些，并且在遗嘱里把所有的钱都留给了你，我该怎么办？"

"啊呀，那样的话，我就没有办法去推辞了。"露易丝懒洋洋地回答道，轻轻地打了个哈欠。

贝丝的脸色瞬时变得沉重起来。

"你一直都在骗我，"她恼怒地大喊，"你拼命让我以为你不想要埃尔姆赫斯特，其实你和我一样急切地想要得到它。"

"我亲爱的伊丽莎白……哎呀，这个名字真的太长了，别人一般都怎么叫你的？莉齐？贝茜？还是……"

"他们叫我贝丝。"女孩阴沉着脸打断她的话。

"那么好吧，亲爱的贝丝，拜托你别再自寻烦恼，也别再怀疑一个想要跟你交朋友的人了。埃尔姆赫斯特对我来说一点吸引力也没有，我根本就不知道该拿它怎么办。我才不会住在这种偏远的地方呢。"

"那假如她把这里留给你了呢？"贝丝坚持不懈地追问，"我想你是不会拒绝的吧。"

露易丝好像在苦思冥想。

最后她告诉贝丝："表妹，我要跟你达成一个协议，我不能只因为珍姑妈有我亲爱的表妹急着想要继承的财产，就丢掉自己想要爱护照顾她的这份心意，不过我绝对不会在你有机会的时候插上一脚,而且我会不停地在珍姑妈面前说你的好话。还有,万一她选择我当她的继承人,我愿意把她一半的产业转让给你——包括埃尔姆赫斯特。"

"她还有其他的财产吗?"贝丝疑惑地问。

"我没有看过任何与珍姑妈的财产有关的清单,所以我也不知道。不过如果我得到埃尔姆赫斯特的话,我可以把它送给你,因为这个地方对我一点用处都没有。"

"这里可是一个非常壮观的庄园哪。"贝丝满腹狐疑地看着她的表姐。

"好妹妹,不管珍姑妈如何决定,它都会是你的。这就是我们之间的契约,我还要用一个吻来给它盖章。"

她麻利地起身,半跪在贝丝身旁,亲热又诚恳地亲了她一下。

"我们可以做朋友了吗?"她轻松地问道,"现在你可以抛掉所有那些不恰当的猜疑,接受我的请求了吧?"

贝丝依然有些迟疑,露易丝说的话听起来实在是有点荒唐。她这样的慷慨大方像是在装腔作势,而且举止过于浮夸,不可能是真心的。贝丝觉得自己正在被这个苗条优雅的女孩取笑,而这个女孩根本比自己大不了多少,但是她完全不知道该怎样表达内心此刻的感受。露易丝坚持要化解她的敌意,至少也要她签一份停战合约。而贝丝呢,不管她有多么怀疑或是敌对,都想不出办法来拒绝露易丝的提议。

"如果我是你的话,"贝丝说,"我绝不会向别人许诺放弃我能得到的每一分钱,如果我赢了,我就会全部都留下来。"

"那是自然喽,我也希望你这么做,亲爱的妹妹。"

"既然我们没有再争下去的理由,还是当朋友比较好。"贝丝的面部表情放松了一些。

露易丝笑了起来,立刻兴高采烈地聊起了一些其他的话题,并且努力让贝丝也多说一点话。

贝丝简直没有办法抵抗这些话题的魔力,露易丝似乎对外面的大千世界无所不知,她带着一股天真烂漫的劲儿不停地跟贝丝讲一些新鲜有趣的事情。贝丝听得津津有味,慢慢忘记了对露易丝的猜疑,也全身心地投入到了谈话之中,两人在一起过得既开心又快活。

她们换好衣服去吃晚餐,在休息室里碰到了珍姨和律师塞拉斯·沃森。这位老绅士在那顿过于庄重的晚宴上既体贴入微又彬彬有礼,尽力不让这两个女孩觉得尴尬。露易丝倒是能在这样的新环境里应付自如,吃饭的时候一直都谈笑风生,珍姨却奇怪地沉默着,而贝丝则因为说不上什么话,看起来有些不自在。

晚饭后不久,珍就回到自己的房间里去了,不一会儿她又派仆人把沃森先生也请了过去。

律师一走进来珍就迫不及待地问:"塞拉斯,你觉得那两个女孩怎么样?"

"她们都很讨人喜欢,只是你为什么不叫肯尼斯过来呢,珍?"

"那个男孩?"

"没错,如果有一个跟她们年龄相仿的年轻绅士在场的话,这些女孩会觉得更自在一些的。"

"肯尼斯笨得像头熊一样,只会不停地说些让人厌烦的话。他根本不是什么绅士,那些女孩子不会搭理他的。"

"哦,好吧。"律师平静地回应。

"你更喜欢她们中的哪一个?"停顿几秒钟之后,老妇人继续发问。

"才见了这么一会儿面,我可说不大好。"老律师认真地回答,"你喜欢谁呢?珍?"

"她们都不怎么让我满意,我没法想象把埃尔姆赫斯特留给她们是什么样子。"说到这里,她突然语气大变,加上了一句,"塞拉斯,你得为我去一趟纽约,立马动身。"

"今天晚上?"

"不,明天一早。我必须见到我的另一个外甥女,就是藐视过我并且拒绝回我第二封信的那个女孩。"

"帕特丽夏·道尔?"

"是的,找到她,跟她说清楚。告诉她我是一个性情暴躁的老妇人,一时兴起非要见见她不可,要是她不到埃尔姆赫斯特来的话,我到死都不会开心。你可以收买她,威胁她,必要的话,绑架她都成。塞拉斯,你要尽快把她带到埃尔姆赫斯特来。"

"我会尽我最大的努力的,珍。为什么你要这么着急呢?"

"我活着的时间不多了,老朋友,"珍的语气不像往常那样盛气凌人,"遗嘱的事重重地压在我的心上,要是我今晚死掉了该怎么办?"

塞拉斯没有回答。

"到时就会有十几个继承人出现来争夺我的遗产,我挚爱的老埃尔姆赫斯特也会出售给陌生人,"老妇人的话里多了些苦涩的味道,"我现在还不想死,塞拉斯,即使我的一条腿已经毫无知觉了,我也会坚持着把事情都解决好。但是,如果没有见到那个女孩的话,我没办法很好地处理遗产的事。这两个女孩中有一个太死板了,另一个又显得太随和,我想看看帕特丽夏是什么样子的。"

"也许她还比不上这两个呢。"律师随口说道。

"如果是这样的话,我就把她打发回去,然后再从这两个当中选。但你得马上把她找来,这样我才能知道接下来怎么做。塞拉斯,你必须把她带到这里来!"

"我会尽我最大的努力的,珍。"老律师把自己的承诺又说了一遍。

第十章　背着包袱的男人

邓肯·缪尔坐在马厩上面的马具房里,他是个马车夫,在仆人中间的地位仅次于园丁詹姆斯。邓肯是个秃头,长着浓密的白色连鬓胡子,此时他正在全神贯注地给那些正式场合才用得上的马具打蜡抛光。过去有好几个月都没有用过它们了,但这并不重要,对他而言,星期四就是给马具打蜡的日子,所以一到星期四他就做这件事,并且从来都不允许其他人插手。

在这间小房子的一个角落里,肯尼斯·福布斯蜷腿坐在一条长凳上,膝盖上放着一个空的松木盒子。在邓肯工作的时候,男孩就拿着铅笔涂涂抹抹画个不停,至少有半个小时过去了,他们一句话都没有说。

最后那个上个年纪的马车夫还是开了口,连眼睛都没有抬一下。

"你觉得她们咋样啊,肯尼斯小伙儿?"

"哪个她们呀?"

"就是那些年轻的女士嘛。"

"什么年轻的女士?"

"就是珍小姐的外甥女和侄女儿,奥斯卡昨天从车站领回来的。"

男孩似乎很惊讶,把身子急切地往前倾着。

"你快告诉我,唐。我昨天带着猎枪出去了,什么都不知道。"

"嗯,好像是珍小姐邀请她们过来的。"

"不是现在吧!不会这么快的。"

"甭管咋说,她们已经在这儿了。"

"她们有几个人?"

"有两个。一个漂亮的女娃子是坐早上的火车来的,另一个体面机灵的是下午两点到的。"

"两个女孩子?"男孩带着几分恐惧惊呼。

"或许应该说'年轻的女性',反正也差不离。"唐纳德边说边用力擦拭着一个带扣。

男孩目不转睛地盯着马车夫。

"唐,你说她们会不会在这庄园里到处乱跑呀?"

"很有可能。这么好的天儿,把她们跟那个老太太一起关在屋里可不怎么合适。这样多好哇,她们可以陪你聊聊天什么的,肯尼斯小伙儿。"

"她们会在这里待多久?"

"说不定会一直待在这儿呢,奥斯卡说只要珍小姐的眼睛一闭,她们中的一个或是两个就会成为这块地方的主人。"

男孩沉默地坐了一会儿,接着突然爆发出一阵尖叫,把膝盖上的盒子狠狠摔在地上,然后冲出了房门,像是发狂了一样。唐纳德停下了手里的活计,听着他的脚步声噔噔噔地跑下了楼。

马车夫郁闷地叹息了一声,同时还撇着嘴晃了晃脑袋。他突然看到了滚在他脚边上的松木盒子,于是弯下腰把它捡了起来。盒子的侧面刨得平平整整,上面画着他擦拭马具的场景——每一根带子和每一个带扣,放在他旁边凳子上的那些海绵和瓶子,他手上拿着的抹布,甚至连他鼻梁上架着的框架眼镜,全都栩栩如生地画了出来。在画里面,他的下嘴唇向前凸起,这正是他工作时的一个习惯动作。

唐纳德因为自己被画进了画里面而倍感满足,同时这个男孩绘画的技巧使他惊讶不已。"嚯,竟然用这些个铅笔头和小板子就成!"他把那个盒子拿在手上翻来覆去地看,然后拿起一把短柄小斧头,小心翼翼地把那块木板从盒子上撬了下来。他带着这个宝贝走到一个橱柜前面,把它藏在了一排高瓶子后面。

肯尼斯来到了马厩,给一匹漂亮的栗色母马套上了缰绳,然后直接跳上马背,从庄园的后门跑了出来,跑上了一条废弃了的公路。

他因为惊愕而有些头晕目眩,心里感到愤愤不平。女孩子!那些女孩子居然来了埃尔姆赫斯特,而且还是他恨得要命的那个坏脾气的老女人给请来的!他再也别想过那种平静安宁的日子了,那些可怕的生物会在每一处地方神出鬼没,她们可能会穿过他房间底下的那处灌木丛,搅乱自己的快乐时光,把他给逼疯。

尽管埃尔姆赫斯特的主人是一个冷酷无情的老女人,对他完全不闻不问,而且除了沃森律师以外,似乎再也没有任何其他人关心自己的死活,这个郁郁不快、沉默寡言的年轻人还是觉得在埃尔姆赫斯特过得挺有滋味的。

仔细想想,那个老好人唐纳德对他还算不错,老米泽莉也有那么一点点喜欢他,不过这些人都只是仆人,和他自己一样需要仰赖别人过活。

不管怎么样,他回想起来,仍然觉得以前的日子过得还算舒心。但这些可怕的女孩们很快就会打乱他平静的生活,这种想法让他的心里充满了忧伤、恼怒和愤恨,不过他什么也不能做,也没有办法改变这一事实。唐纳德所说的"年轻的女性"已经来了这里,而且毫无疑问,她们准备住下来。

栗色母马在路上跑得飞快,男孩稳稳地坐在马背上,感受着清风拂过他滚烫的面颊。马儿不停地往前跑,驮着他来到了一个离家非常远的十字路口。男孩让马转了个方向,继续毫无顾忌地朝前疾驰。太阳火辣辣的,母马的两侧开始氤氲起水汽,光亮的皮毛表面也开始凝起晶莹的小汗珠。男孩把马转向左边,朝一条宽阔的公路跑去,那条路可以直接把他带回埃尔姆赫斯特。

这时男孩已经骑着马跑到了一个叫作艾尔姆伍德的小村子,这里有一个火车站,男孩把速度放慢,轻轻地拍打着母马诺拉的脖子,好让它能够平静下来。

在慢慢穿过村子的时候,男孩的脸色阴晴不定。缰绳松松地垂在母马的脖子旁边。不时会有人停下手里的活计好奇地看着他,但他既不说话也不往旁边看。

他在这里谁也不认识,也不在乎他们对他在那所"大房子"里的特殊身份有多少种猜测。

过了一段时间之后,他骑着马走上了那条边上扎着树篱的公路。烦心事再一次缠住了他,他真想在这片广袤的土地上找到一小块能把自己藏起来的地方,一直待到那些女孩永远离开埃尔姆赫斯特。

马儿突然往后退,男孩抬起头,发现他差一点撞到一个行人身上。那个人矮矮胖胖的,胳膊底下夹着一个包袱,正举着一只手像是要抓住他似的。

男孩不情愿地勒住了马,停在那个人的身旁。

"抱歉惊扰到你了,先生,"那个矮个子男人说话的语调很欢快,"我不太确定自己是否走错了路。"

"你要去哪里?"

"到珍·梅里克的家里去,那个地方好像叫埃尔姆赫斯特。"

"往前直走就是。"肯尼斯骑在马背上边走边说,那个旅人也跟在他旁边往前走。

"那地方远不远?"

"差不多有两里路吧。"

"他们告诉我那地方距离这个村子大约五六里路,但我好像都已经走了二十多里了。"

男孩没有搭腔,这个男人的言行并没有什么冒犯之处,只是他说话的口气过于熟络了些,男孩觉得很难用同等的坦诚和真挚来回应他。而且他那张布满皱纹、刮得干干净净的脸显得很精明,一看就知道他的阅历非常丰富。

肯尼斯向来讨厌跟生人打交道,但这个男人似乎引起了他的兴趣,所以他犹豫着并没有策马飞奔,把这个旅人甩在身后。

"认识珍·梅里克吗?"陌生人又开口问他。

男孩点点头。

"喜欢她吗?"

"我恨她。"男孩的口气很冲。

陌生人笑了起来,显得有些心神不宁。

"看来珍还是老样子。"他摇了摇头发斑白的脑袋,"你知道吗,我真希望她的脾性改了那么一点,这样我会很乐意再见到她的,人们告诉我她现在很有钱。"

男孩惊讶地看着他。

"她有埃尔姆赫斯特，有这附近十几个农场的抵押租赁权，在纽约有房产，银行里还存着一大笔钱。珍舅妈确实很富有。"

"珍舅妈？"男人立即追问，"你叫什么名字，年轻人？"

"肯尼斯·福布斯。"

男人摇摇头。

"我想不起来在这个家族里有姓福布斯的人。"

"她不是我真正的舅妈，也从来没有像舅妈那样待过我。但她是我的监护人，而且我从小就称她为舅妈，而不是梅里克小姐。"

"她没有结过婚吧，对吗？"

"没有，但是她跟我的舅舅汤姆订了婚。我舅舅原来是埃尔姆赫斯特的主人，他在一次火车事故中丧生了，之后人们发现他把所有的财产都留给了她。"

"我知道。"

"所以在我父母过世之后，珍舅妈因为我舅舅汤姆的原因才接纳我，她只不过是出于施舍的念头才收留了我。"

"我明白了。"男人的声音变得严肃起来。

男孩滑下马背，走在矮个儿男人的边上，用胳膊夹着缰绳，一时间两个人都没有再说话。

最后还是那个陌生人先开了口。

"珍的妹妹们还活着吗——就是叫朱莉亚和维奥莱特的？"

"我不知道，但现在她有一个侄女和一个外甥女在埃尔姆赫斯特。"

"哈!她们是谁?"

"两个女孩而已,我还没有见过她们。"男孩的声音里流露出烦恼。

陌生人吹了声口哨。

"你不喜欢女孩子吗?"

"不喜欢,我讨厌女孩。"

他们又沉默了很长时间,然后男孩变成了发问者。

"你认识珍·梅里克小姐吗?先生?"

"过去认识,那时候我们都还年轻。"

"是亲戚吗,先生?"

"我是她的哥哥,如此而已。"

肯尼斯突然停住脚步,母马也跟着站住了,接下来是那个矮个子男人,他对着惊讶的男孩古怪地笑了笑,也停了下来。

"我从来都不知道她有一个哥哥,先生——我是说,还活着的。"

"她还有一个弟弟叫威尔,听说好多年前就死了。我是她哥哥。"

"约翰·梅里克?"

"是的。我很久以前就去了西部,在那里信息比较闭塞,所以我跟留在美国东部的这些人失去了联系。出于同样的原因,我猜他们后来也打听不到我的消息。"

"你就是那个锡匠?"

"没错。人们不是常说嘛,坏铜币总是会被退回来的。我回来找找我的家人,看看还剩下多少活着的。满足好奇心也算是人生的乐趣之一,对吧?"

"我不知道,也许这是一种天性吧。"男孩想了想说,"不过我很遗憾你第一个来找的就是珍。"

"为什么?"

"她的身体很糟糕——病得很重——而且她的性情恶劣得可怕,也许她……她……"

"我知道。但我有好多年没见过她了,而且她毕竟是我的妹妹。我很早就离开了,对我们家后来发生的很多事都毫不知情。直到不久前才我知道珍变得非常富有,成了一个有身份人。这对梅里克家族来说是一件了不起的大事。你要知道,我们一直都是穷苦人家。"

男孩同情地看了一眼男人夹着的包袱,矮个子男人注意到了他的眼神,又亲切愉快地微笑起来。

"我的旅行箱太重了,不好携带,所以就随便用布包了几样东西,预备珍会留我在那里过夜。这也是我为什么没有雇一匹马的原因,因为骑过来了还得有人把它送回去才行。"

"她一定会留你住下的,先生。如果她没有,你就到马厩来,托人告诉我一声,我送你回镇上。马车夫唐纳德是我的朋友,要是我找他的话,他会把马给我用的。"

"谢谢你,小伙子。"男人感激地说,"我本想着适当锻炼一下对我有好处,但这几里路在我看来恐怕得有几十里了。"

"我们快到了。"男孩说着拐进了庄园前的车道,"先生,既然你是她哥哥,我建议你直接走到前门那里按铃叫人给你开门。"

"我会的。"男人说。

"我自己总是绕过去走后门。"

"嗯,我知道了。"

男孩转身走开,但片刻又折了回来。

"还有一件事。"他有些迟疑地说。

"什么事?"

"你最好别说你碰到我了,因为她像我讨厌她一样讨厌我。"

"好的,小伙子,我一个字也不会提的。"

男孩点点头,转身离开把马牵回马厩。男人盯着他的背影看了一会儿,然后摇了摇头。

"可怜的孩子!"他悄声说道。

接着他走到前门,摁响了门铃。

第十一章 疯狂的园丁

"这里的生活似乎有些懒洋洋的。"露易丝站在贝丝房间的门口,跟她道晚安的时候说,"明天上午我会晚些起床,因为珍姑妈是不会在中午前露面的。"

"在家里的时候我总是在六点钟起床。"贝丝回答。

"六点!天哪!你起来做什么?"

"学习功课,帮着准备早餐。"

"你家里没有请女佣吗?"

"没有。"贝丝有些不高兴,"我们得很辛苦地工作才能勉强养活自己。"

"那现在你应该快毕业了吧?我早就不上学了。"

"你毕业了吗?"贝丝问。

"没有,上学可不划算,"露易丝洋洋得意地说,"我能肯定我和大多数的女孩懂的东西一样多,从生活中能学到比书本里更有用的知识。"

"晚安。"贝丝说。

"晚安。"露易丝走进自己的房间关上了门。

贝丝闷闷不乐地坐了一会儿。她不喜欢她的表姐总摆出一副高她一等的姿态,但是露易丝的很多言行又确实会让贝丝意识到这个表姐的精明和阅历,让她觉得自愧不如,并且不敢信任露易丝对她所表露出来的友情。

不知道怎么回事,贝丝越来越觉得那个女孩说的话好像没有一句是真的,她在心里已经把露易丝归为背信弃义和虚伪做作的那一类人了。

其实,贝丝并没有真正了解她的表姐。露易丝是真的喜欢这种广结善缘的感觉，也乐于说一些漂亮话。她确实计划好了要在人生中获得更多的财富和更高的地位，但在实施计划的时候却并不是特别贪心。一旦计划失败，这个女孩会自嘲一番，然后马上另做打算。她跟别人许诺的时候并不一定就是想让自己有利可图，有可能只是单纯地想显得亲切友好一些，跟所有的人都能愉快相处。她喜欢在生活中创造喜剧，而不是悲剧，心里从不为任何事纠结，心情好的话，也确实会非常大方慷慨。露易丝·梅里克的天性里有某种东西，使她具备做成大事的能力。

这就难怪她那不通世故的乡下表妹不能理解她的做派了，虽然这个表妹的直觉并没有出很大的差错。

早上六点，贝丝像往常一样醒来。她安静地换好衣服，拿着一本书往花园里走。尽管露易丝对读书冷嘲热讽了一番，贝丝在学业上的热情却并没有受到丝毫影响。在接到珍姨妈的邀请之前，她下定决心要当一名教师，所以在假期里也必须努力学习。

要是她成为了继承人，当然就不需要以教书为生了，不过对于这种事她一点把握也没有。这个女孩现实的性格促使她在不能百分百确定自己的未来之前，会一直踏踏实实地按照原计划走下去。

在大厅里她见到了菲布斯，这个老佣人正痛苦地拖着脚往前走。

"早上好，小姐。"菲布斯跟她打招呼。

贝丝认真地打量着她，她知道这个人是珍姨妈特别信任的贴身女仆。

"您是不是脚痛？"她问道。

"是啊,小姐,一到早晨就痛得不行。但是我要照顾珍小姐,整个白天都得使唤它们呢。好在熬过一段时间之后,我也就慢慢习惯了这种疼痛,几乎感觉不到什么了,只是早晨的感觉确实很糟糕。"

她继续往前走,贝丝叫住了她。

"到我房间来一下吧。"

玛莎·菲布斯不太情愿地跟在后面,珍小姐可能已经醒了,并且正在等着她,她实在想象不出这位年轻的小姐要干什么。

菲布斯走进来后,贝丝走到一个箱子那里,拿出了一瓶乳液。

"我妈妈的脚也有这样的问题,这种药膏总是能让她舒服一些。我带了一瓶过来,以防我走了太多的路后,脚会感到酸痛。"

她轻轻地把那位老仆推到椅子跟前,让她坐了下来。让菲布斯目瞪口呆的是,这位年轻小姐接下来竟然跪在了自己身旁,脱下了她的鞋子和袜子。一眨眼功夫,她就已经在给这位可怜的老佣人肿胀的双脚涂抹药膏了,根本不去理会玛莎惊慌失措的反抗。

"好了,现在您的脚一定感觉好一些了。"贝丝说着,又把那双缝缝补补过的袜子再穿到了菲布斯的脚上,"您得把这瓶药拿回去,每天早晚都抹上一点。"

"噢,老天爷一定会保佑你的!"菲布斯失声喊道,浑浊的双眼里充满了感激的泪水,"我确实觉得自己年轻了二十岁,不过你不应该这么做,真的,我承受不起。"

"我很高兴能帮助到您,"贝丝一边到脸盆架那里洗手，在毛巾上把手擦干，一边回答说，"如果我本可以让您不那么受苦，却对您不闻不问，那心肠该有多狠啊。"

"要是珍小姐知道了可怎么得了哦？"老玛莎沮丧地挥着她的双手。

"她什么也不会知道的，这是我们之间的秘密。玛莎，我知道在我需要朋友帮忙的时候，你也会同样地帮助我的。"

"我愿意为你做任何事，伊丽莎白小姐。"老佣人恭恭敬敬地回答，离开的时候带走了那瓶药膏。

贝丝微笑起来。

"刚才的主意还真不错。"她自言自语道，再次往花园走去，"我已经交到了一个忠实的朋友，同时还做了一件善事，而这些都是在露易丝表姐熟睡的时候做成的。"

贝丝走到侧门，亲切地跟女管家握手亲吻，互道早安。

"你看上去真是漂亮极了，亲爱的。"老管家说，"你有没有把这个地方当作是自己的家一样呢？"

"暂时还不行，不过我知道自己有一个好朋友就在这里，所以安心了不少。"贝丝回答，然后走了出去。

她在高高的树篱间发现了一条蜿蜒的小径，于是就顺着这条小径漫不经心地朝前走，看到了一个爬满玫瑰花的凉亭，里面还有舒服的长凳。

贝丝在那里坐了下来，好奇地往四周张望。这地方似乎很少有人过来，但是打理得非常好。甚至在这个钟点，就能听到不远处传来修剪树篱的"咔嚓咔嚓"声，贝丝还注意到这条小径清扫得特别干净，凉亭上的每一朵玫瑰花都受到了精心的照料。

埃尔姆赫斯特真是一个美丽的地方,贝丝一边在心里想着自己会不会成为这里的主人,一边轻轻地叹了一口气,然后她打开了书本,开始学习。

在接下来的一个钟头里,修剪树篱的声音变得越来越近,但是女孩并没有注意到这一点。又过了半个钟头之后,詹姆斯出现了,继续做着自己单调重复的工作。他慢慢挪动脚步,渐渐走到了距离坐在凉亭里看书的女孩不到两米远的地方。然后他突然停了下来,看着凉亭惊呼了一声。

贝丝抬头看了看。

"早上好。"她愉快地打着招呼。

詹姆斯盯着她看,没有回应,只把头稍稍往前倾了一下。

"我打扰到您干活了吗?"女孩问他。

园丁转身背对着女孩,然后继续像开始那样修剪起树篱来。贝丝起身走上前去抓住了他的手臂。詹姆斯再次转身盯着她,眼里的神色显得很恐慌。

贝丝吓得往后一退。

"为什么您不跟我说话呢?"女孩柔声问道,"我刚来埃尔姆赫斯特,想要成为您的朋友。为什么您不搭理我呢?"

詹姆斯猛地把手往上一抬,手里的大剪子哐当一声掉在地上,接着他沙哑地大叫一声,用最快的速度从小径上逃走了。

这下贝丝真的摸不着头脑了,她目瞪口呆地站在那里看着园丁跑开的身影。就在这时,她听到了一声轻笑,看到了站在她身旁的老米泽莉。"他这个人就是这样,小姐,你可不要被他吓到了。"老妇人告诉贝丝,"哎呦,有时候他甚至跟珍小姐都不讲话呢。"

"他不是哑巴吧?"

"噢,不,不是这样!只是他的性格很古怪,为人又固执。自从汤姆少爷在事故中丧生的那天起,他就再也不愿意跟任何人说话。当时他跟汤姆少爷在一起,发生了一场事故,他们坐的火车脱轨后翻倒了。詹姆斯一点事都没有,还把汤姆少爷从火车的残骸中拽了出来,然后坐在他身边,看着汤姆少爷咽下最后一口气。后来他把汤姆少爷的遗体运回了家,但脑子好像受了刺激,整个人都变得跟出事之前不一样了。詹姆斯非常喜爱年轻的汤姆少爷,我们也都是这样。"

"可怜的人!"贝丝感叹道。

米泽莉又接着往下说:"从那之后,詹姆斯只愿意做种花养草的工作。珍小姐过来后,让他做了主管园丁。他真的是一个少有的好园丁,但就是一句话都不愿说。他既不跟珍小姐讲话,也不跟他的老朋友沃森律师讲话,沃森律师过去还是汤姆少爷最知心的密友和伙伴呢。詹姆斯尽职尽责,忠实地执行珍小姐的每一条命令,但他就是不开口,后来我们也就不管他了。"

"那他为什么这么怕我呢?"女孩满心疑惑。

"你逼着他说话,而且你又是一个陌生人,陌生人总是让詹姆斯感到害怕。我记得珍小姐第一次来埃尔姆赫斯特时,他一看见珍小姐就尖叫起来。不过在他发现汤姆少爷深爱着珍小姐,并且把埃尔姆赫斯特都留给了她之后,他就开始变得像只忠犬一样,心甘情愿地追随珍小姐,不管她说什么都会照做。哦,对了,早餐准备好了,小姐,我是来叫你去用餐的。"

"谢谢您。"贝丝转身和管家一起往回走。

按照珍姨的指示,早餐送到了贝丝的房间。一会儿之后,露易丝穿着一件颜色鲜亮的丝绸和服式睡衣走了进来,手里端着放了早餐的托盘,笑盈盈地说自己过来"陪表妹说说话"。

"我应该再多睡上一个钟头的。"露易丝对着手里的巧克力打了个哈欠,"但是老米泽莉坚持要把我弄醒,因为她觉得我可能需要吃点东西。唉,真是的。"

"这里的一切都跟我过去不一样。"贝丝一本正经地说,"但待在这里好像还挺愉快的,而且这里的每个人都既和气又体贴。"

"我先去换衣服,"露易丝说,"然后我们一起到处走走,好好看看这地方。"

就在肯尼斯骑马跑出去之后不久,两个女孩就从房子里走了出来。她们走遍了埃尔姆赫斯特的每一块地方,去过了花园里的每一个角角落落和隐匿处,甚至一起去了马厩。在那里的时候,贝丝还努力想跟马夫老唐纳德交上朋友。

但是不管她怎么做,这个在暴风雨中都面不改色的苏格兰人,始终对眼前这张漂亮的脸蛋无动于衷。他对"那个男孩"的忠诚使得他在与这两位"年轻女士"相处时格外小心谨慎。虽然他脸色阴沉地欢迎她们进了马厩,但他打定了主意,在更清楚地了解她们之前,一个多余的字也不会说。

女孩们在闲逛的时候,发现了通往肯尼斯房间的专用楼梯。她们正想坐在上面休息一下,菲布斯走过来请露易丝过去照看一下她的姑妈。

她很乐意地照办了,因为她正想要多了解一下这个脾气古怪的老太太。

"坐下吧。"女孩走进房间的时候,珍姨非常和蔼地对她说。

露易丝弯下身子,亲了亲她的姑妈,深情地轻轻拍了拍她的脸颊,然后把每个枕头都抖了一遍,好让它们变得更舒服一些。

珍姨告诉露易丝:"我想让你陪我说说话,跟我讲讲你生活的那个城市,还有那些社交圈子什么的。我好长时间都过着与世隔绝的生活,所以对于外面的人和事都不大清楚。"

"那我在跟您说话的时候帮您梳梳头发吧,"露易丝热切地说,"它们看上去真的是乱糟糟的,我们可以边梳头边聊天。"

"我的左手抬不起来,"这位行动不便的老人突然脸红了,"而且菲布斯又蠢又笨。"

"没关系的,只要一眨眼的功夫,我就能让您的头发变得漂亮起来。"女孩站在轮椅背后,手指灵巧地把很多发卡从珍姨稀疏打结的花白头发中抽了出来,"您也许想象不到,能关心照顾别人让我有多么快乐。"

让人惊讶的是,珍姨居然顺从地由着露易丝摆弄自己的头发,哪怕弄疼了也不生气。露易丝则一直在老妇人的背后双手忙个不停,同时爽快地回答她姑妈提出的每一个问题。她知道现在社交圈里最新的八卦消息,还绘声绘色地给它们加上了不少的细节。她告诉珍姑妈,她在一次舞会上遇到了这位名人,在一次招待宴会上又碰见了那个,然后就详细地把这些人全都描述了一遍。她知道珍姑妈绝对不会有机会亲眼见到他们，所以就添油加醋地说了一大堆。

珍确实被她的那些话给吸引住了。

"你妈妈到底用什么办法让你进入那些社交场合的呢？"她问露易丝，"你爸爸是个穷人，根本没什么积蓄，我知道这一点，因为他是我的亲弟弟。"

露易丝摆出一副郑重其事的模样："是这样的，他给我们留下了一笔非常可观的人寿保险。而我妈妈认识很多朋友，只要我们能够付得起那些开销的话，他们是很愿意介绍我们进入上流社会的圈子的。我父亲十二年前就去世了，之后有好些年，我一直在学校读书，妈妈也生活得很简单低调。直到不久前，她才决定是时候让我进入社交圈了。我得承认，这几个月来我们过得既富足又愉快。"

"你们很有钱吗？"珍姑妈抛出一个尖锐的问题。

"哎呀，不是这样的！"露易丝大笑起来，她已经把珍姨的头发梳好了，现在正忙着把她的脚放好，"不过我们有足够的钱来满足自己的需要，这让我们感到不需要依赖任何人。说到这里，姑姑，我要把您寄给我的支票还给您。您那么做真是慷慨又体贴，但我不需要它，所以我想让您把它收回去。"

她从自己的口袋里掏出那张支票，把它放进珍的手里面。

"您给我提供了这么好的条件，让我在乡下过得这么愉快，这就足够了。从一直生活的城市来到乡村待上一段时间，我真的受益很多。我想休息一下，平静地生活一段时间，所以我才推掉了我在夏季里的所有社交活动的邀请，来到了您这里。我们终于有机会了解对方了，这不是件很棒的事情吗？我真的很喜欢埃尔姆赫斯特，已经完全被它迷住了！"

珍的心里既惊讶又舒畅，露易丝居然把一百美元的支票又还了回来，这个举动让她的心情非常愉悦。她给另外两个女孩都寄去了同样数目的支票，但是伊丽莎白把支票留了下来，帕特丽夏则几乎是把那张支票摔在了她的脸上。露易丝现在却和和气气地主动归还了属于她的这一张，因为她并不需要这笔钱。这样一来，珍·梅里克就用比她预想中更少的钱达到了自己的目的。她像守财奴一样看护自己的财产已经这么多年了，所以不愿意多花任何一分钱。

露易丝看得出来，她对于这个姑妈的判断是正确的。把这样一张大额的支票还回去并不容易，但这个女孩不想在她姑妈面前表现出一副穷亲戚的模样，她想让这位姑妈把她当作一个年轻的淑女，认为从学识和社会交际能力来看，她都很适合成为埃尔姆赫斯特的新主人。在露易丝看来，这一点一定会是她超越其他所有竞争者的一个强有力的举措。

不管她盘算的这些是对还是错，这次见面都无疑让她在珍的心里加分不少。她姑妈让她离开时那种和蔼亲切的态度使露易丝确信，自己刚才损失的那笔钱实在是花得非常值当。

接着轮到了伊丽莎白被叫过去陪她的姨妈。

"我希望你能做点让我开心的事，你会朗读吗？"轮椅上的老人漫不经心地问。

"恐怕读得不是特别好，但我愿意读着试试。您想听些什么？"

"就选你自己想读的吧。"珍姨妈指着她旁边的一大堆书籍回答。

女孩犹豫着不知道该选哪一本。如果是露易丝的话，她肯定会选一本浪漫的爱情故事，或是一些轻松的故事书，好让读书的时间过得有趣些，同时也能哄老人开心。但贝丝错误地认为年老体衰的人会喜欢那种一本正经的学术书籍，所以选了一本论文专著来读，这本书枯燥乏味得简直无法形容。

珍姨对贝丝的选择嗤之以鼻，她冷笑了一下，开始让自己舒舒服服地打起瞌睡来。如果这个女孩是个笨蛋，那就让她受到自己应有的惩罚吧。

贝丝读了一个小时，不能确定她的姨妈到底是被这本书深深地吸引住了呢，还是真的睡着了。就在她备受煎熬的时候，老米泽莉走了进来，把睡着了的珍姨给叫醒了。

"怎么回事？"珍恼怒地问。

"有个男人要见您，小姐。"

"问他要干什么，然后打发他走！"

"但是……"

"我是不会见他的，我告诉你！"

"但他说他是您的哥哥，小姐。"

"是谁？"

"您的哥哥。"

珍小姐像是非常迷惑不解，盯着米泽莉一言不发。

"是您的哥哥约翰，小姐。"

轮椅上的病人又窝进了靠垫之中，叹了一口气。

"很久以前我就以为他已经死了，不过既然他还活着，我就不得不见他这一面。"她吩咐道，"伊丽莎白，离开这个房间。米泽莉，让那个人到这里来！"

第十二章　结识了约翰老伯

贝丝离开房间去找露易丝，发现她正站在靠近马厩的地方，马厩外面有个男孩正在用一束稻草掸拭一匹栗色母马身上的尘土。

"发生了一些事。"她跟露易丝说道，紧张得声音直打颤。

"什么事？"

"有个男人来了这里，说他是珍姨妈的哥哥。"

"这不可能！你见到他了吗？"

"没有，他说他是珍姨妈的哥哥约翰。"

"哦，我知道了，就是那个小商贩还是锡匠什么的，他好多年前就杳无音讯了。这件事没什么大不了的吧。"

"这件事非常重要，"贝丝严肃地说，"珍姨妈很可能把她的财产都留给他。"

"不会吧，他比她的年纪还要大呢。我听妈妈说过他是兄弟姊妹里面最大的一个。珍姑妈绝对不会把她的钱留给一个老人的，你完全可以放心。"

贝丝的心情放松了一些，她在露易丝的旁边站了一会儿，也盯着那个男孩看。过了一会儿，奥斯卡走到男孩跟前来，恭敬地碰碰帽子行了个礼，然后把那匹母马牵到马厩里去了。男孩转身离开，双手插在口袋里，慢慢地沿着一条小路往前走，浑然不知这两个女孩一直在观察着他。

"我很好奇这个男孩是谁。"贝丝说。

露易丝回答道："我们会知道的。一开始我还以为他是马童，但是奥斯卡好像把他看作是主子一样。"

她走进马厩,后面跟着贝丝,那个马夫正忙着拴马。

"那个年轻男人是谁啊?"她问马夫。

"哪个年轻男人,小姐?"

"就刚才骑着马过来的那个呀。"

"哦,那是肯尼斯少爷,小姐。"奥斯卡咧着嘴一笑。

"他是从哪儿来的呢?"

"肯尼斯少爷吗?喏,他住在这里的。"

"住在这栋房子里?"

"是的,小姐。"

"他是谁?"

"汤姆少爷的外甥,汤姆少爷就是以前埃尔姆赫斯特的主人。"

"你是说托马斯·布拉德利先生吗?"

"就是他,小姐。"

"哦。肯尼斯少爷在这儿住了多长时间了?"

"有好些年了,具体多少年我记不清了。"

"谢谢你,奥斯卡。"

女孩们走开了,等到她们两个单独在一起时,露易丝迫不及待地开了口。

"刚才发现的这件事远比约翰伯伯到了这里更让人吃惊,贝丝。那个男孩比我们中的任何一个都更有权利继承埃尔姆赫斯特。"

"那为什么珍姨妈还要我们过来呀?"

"这是个谜,亲爱的。我们要努力找到答案。"

"对了,我们可以问问管家啊,"贝丝说,"我相信老米泽莉会把所有我们想知道的事情都说出来的。"

她们一起回到房子里,没花什么力气就找到了那个老管家。

"肯尼斯少爷?"她有些诧异,"他确实是汤姆少爷的外甥,没错。有什么问题吗?"

"这里是他的家吗?"贝丝问管家。

"这是他唯一的安身之地了,亲爱的,他的父亲和母亲都过世了。珍小姐之所以让他住在这里,只是因为她觉得汤姆少爷应该希望她这么做。"

"她喜欢那个男孩吗?"露易丝问道。

"喜欢那个男孩?没有的事。珍小姐讨厌他,甚至都不想看到他,或是让他靠近自己。所以肯尼斯总是待在最左边的那个小房间里,吃饭睡觉都在那边。"

贝丝疑惑地问:"难道这个男孩很差劲吗?"

"我们都很喜欢肯尼斯少爷。"管家坦诚地说,"但我不得不说他是个奇怪的小伙子,脾气也很坏,这可能是因为他的父母太早过世缺乏教养的关系。他越来越像个野孩子,而且从村里过来教他的那个蔡斯先生也没什么本事,由着那个男孩想做什么就做什么。因为这些原因,他既不愿读书,也没有工作,我根本想象不到珍小姐离开人世之后,他会变成什么样子。"

"谢谢您。"贝丝觉得安心了不少。然后这两个女孩就心情轻松地走开了。

"这么说来,那个男孩子根本不会对我们有什么威胁,"露易丝高兴地说,"他就是个寄生虫而已。反正珍姑妈以前的那个恋人,就是托马斯·布拉德利,死后把什么都留给她了,所以她可以随心所欲地支配这些财产。"

午餐是她们两个单独吃的,除了女佣苏珊,也就是老米泽莉的女儿之外,再没有其他人来照管她们。吃过饭后,两个女孩离开屋子,去了那个玫瑰凉亭。贝丝说她们在那里可以看看书或是做做针线活什么的,不会有人来打扰。

一走到那里,她们就看到了一个矮个子的老人。他坐在那条长凳上,伸长双腿,两只手插在口袋里,温和的圆脸上是平静冥想的表情。他用牙齿咬着一个黑色的欧石楠烟斗,正有一下没一下地抽着烟。

贝丝打算原路返回,但露易丝抓住她的手臂把她拽住了。

"您是不是约翰伯伯?"她大声问道。

矮个子男人的眼睛看向了她们,他把手从口袋里抽了出来,拿下了烟斗,然后深深地弯了一下腰。

"如果你们是我的侄女和外甥女的话,那我就是你们的伯伯或舅舅,"他非常亲切地说,"坐下来吧,孩子们,让我们好好地互相认识一下。"

露易丝笑了笑,她的视线快速地扫过男人皱巴巴的脏衬衫,磨绒了的黑领结,还有那双笨重的沾满了尘土的牛皮靴子。他的穿着既过时又破旧,露易丝突然觉得,就是马夫奥斯卡都比这个伯伯在外表上要整洁得多。

贝丝只注意到了她的约翰舅舅既不高贵又不威风。她坐在他的旁边,但在两个人中间留了很大的空位,心里觉得很失落,因为这个舅舅跟其他所有梅里克家族的人都毫无差别。

"您刚刚才到这里吧,我们听说是这样。"露易丝问她的伯伯。

"是的,就在今天上午从车站走到了这里。"约翰老伯回答说，"我想过来看看珍，但压根儿没料到还能在这里看到你们。老实说，我从来都不知道我有一个侄女和一个外甥女。"

"哈，您还有另外一个外甥女哟。"露易丝用一种俏皮的腔调说。

"还有一个？是谁啊？"

"帕特丽夏·道尔。"

"道尔？道尔？？我不记得有这么个姓氏。"

"我想是您的妹妹维奥莱特嫁给了一个姓道尔的人。"

"一定是这样，道尔上尉——或是道尔少校——或是类似这样的一个人。呃，你叫什么名字？"

"我叫露易丝·梅里克，是您弟弟威尔的女儿。"

"哦！那你呢？"男人转头问贝丝。

"我妈妈是朱莉亚·梅里克，"贝丝的态度不怎么友好，"她嫁给了德·格拉夫教授，我叫伊丽莎白·德·格拉夫。"

"没错，没错。"约翰老伯不停地点着头，"我还清楚地记得朱莉亚小时候的样子，她常常摆出一副装腔作势的模样，还总是扯着父亲唠叨个没完，就因为他没有把她那辆老旧的顶级豪华童车在每个春季重新油漆一遍。我想，她应该还是老样子吧。"

贝丝没有回答。

"威尔已经死了，我希望他再也不要被那些烦心事给缠着了。"约翰老伯似乎陷入了沉思，"他有一次写信给我，说他妻子几乎要把他给逼疯了。说不定就是这个女人趁他睡着时把他给杀了呢——嗯，露易丝？"

"先生，"露易丝非常生气地说，"您刚才说的那个女人是我的妈妈。"

"是啊，没错，就是你爸爸信里提到的那个人嘛。"他对露易丝的指责无动于衷，"不过这些都不相干，重要的是，我竟然见到了你们两个。"他狡黠的眼睛看看这个，又看看那个，"我似乎还挺走运的，因为你们都非常漂亮，而且看起来就像淑女一样，亲爱的孩子们。"

"谢谢您，"露易丝冷冰冰地说，"您看人的眼光还是不错的，先生，但愿是这样。"

"我的眼光还算可以吧，"男人呵呵地笑着回答，"正因为太会看人，所以我才打了一辈子的光棍。"

"您是从哪里过来的？"女孩问他。

"那边沿海的地方。"他把长着花白色头发的脑袋朝西边点了点。

"这么多年都过去了，您怎么会突然想起要回到这里来呢？"

"我想应该是对亲人的牵挂吧。我想回来看看家里到底还剩下哪些人。"

接下来是一阵让人难堪的沉默，约翰老伯重新点燃了烟斗，贝丝闷闷不乐地坐着一言不发，露易丝用她遮阳伞的伞尖在铺路面的砂砾上随手画了个图案。她担心如果再跟这个刚碰面的伯伯继续聊下去，他那些随便又放肆的话语会让她无法忍受。

又过了好一阵子，露易丝还是开口了，"既然您到这里来了，您打算做些什么呢？"

"什么也不干，亲爱的。"

"您有钱吗？"

矮个子男人饶有兴致地盯着露易丝看。

"我还真猜到你会问起这个，孩子，但这个问题很难回答。如果我说没有，你会担心我时不时地想从这里借走一点零花钱。但如果我说有，你又会把我当成一个大富翁。"

"那倒未必。"露易丝笑着说。

"嗯，那好吧。如果我精打细算的话，我还是可以自给自足的。"他郑重其事地回答，"再说了，珍就在这里，她是我的妹妹，而且正好有一大堆的钱不知道该怎么花。她邀请了我，让我在这里住上一段时间，所以关于钱的问题可以就此打住了，亲爱的。"

接下来又是一阵沉默。露易丝已经满足了自己对眼前这位伯伯的所有好奇心，而贝丝几乎从来就没有对什么好奇过，所以他们好像再也没有什么可聊的了。既然约翰伯伯看起来暂时没有离开这个凉亭的打算，那么很显然她们必须离开这里才行。露易丝正要起身，矮个子男人说话了。

"珍活不长了。"

"您怎么知道的？"露易丝问道。

"她跟我说她半截都进了棺材，我相信是这样。她那坏脾气和焦躁不安的性情已经把她的身体都耗空了。很快她的生命就会突然终结，就像一根被风吹灭的蜡烛一样。现在唯一困扰着她，让她没法安心闭上眼睛的就是她还没有决定好由谁来当她的继承人，我猜这个就是你们来到这里的原因。孩子们，你们觉得这种被当成展品的感觉怎么样？别人对你们的一举一动都要详细审查，评头论足，好像你们只是一群待售的小马，人们要做的就是从你们中间挑出最好的那一匹。"

"约翰舅舅，"贝丝恼怒地站起身来，"我原本希望我会喜欢您，但如果您说的话一直都让人这么反感的话，我再也不想跟您有任何的交流。"

她径直走到了小道上，怒火在心里窜来窜去。露易丝也跟在她旁边一起走。到了拐弯的地方她们回头看了一眼，发现她们的这位亲戚还是坐在原处，身体蜷成了一团，因为憋着声音在笑，所以肩膀不停地抖动着。

"他就是个怪老头。"贝丝气红了脸说道，"他真的很鲁莽无礼，而且好像脑子很笨。"

"别急着下结论，贝丝，"露易丝深思熟虑地说，"我现在还判断不出约翰伯伯到底是不是一个笨人。"

"真搞不懂他在傻笑些什么。"

"你说的傻笑正是他头脑清醒的最好的证明。"露易丝温和地说，"贝丝，亲爱的妹妹，珍姑妈确实把我们放到了一个最荒唐的场景之中了。"

吃晚餐的时候，她们又见到了这位约翰老伯，他就坐在珍姨的正对面。埃尔姆赫斯特的这位女主人应该是为这顿晚餐盛装打扮了一番，今晚她穿了一件华贵的黑色丝绸衣服，坐在餐桌主位前的轮椅上。约翰老伯除了把他那老旧的黑色领结换成了一个有污渍的白色领结之外，身上的衣着跟以前没有任何区别，一头粗硬的灰白头发也照样是乱糟糟的杂乱无章。不过虽然如此，他的圆脸上却一直挂着灿烂的微笑，而且珍姨也好像根本没有注意到她哥哥的外貌有任何不妥当的地方，所以这顿饭吃得倒也还算愉快。

吃完饭之后，约翰老伯漫步走进花园，在星光之下抽着自己的烟斗。露易丝在昏暗的会客厅里为她的姑妈唱了几首歌，而贝丝虽然是音乐教师的女儿，却连一首歌都不会唱。

过了一段时间之后，约翰·梅里克走到他妹妹的房间跟她道晚安。

"你觉得那些女孩怎么样啊？"珍姨问自己的哥哥。

"你是说我的侄女和外甥女？"

"嗯。"

"在这一生当中，我除了能注意到女孩子的性别之外，其他的什么也看不出来。珍，你的性别在我看来一直就是个谜，但我懒得花功夫去想，因为你既像女人又像男人。我虽然只见了那两个女孩这么点时间，倒是能够看出来她们就是那种标准的女性——跟这种性别的人比起来，她们既不好也不坏。"

"露易丝看起来很能干。"珍姨一边想一边说，"开始我并不怎么在意她，但了解多一点之后我对她的印象越来越好。她被她妈妈调教得不错，很有淑女的风范，并且很讨人喜欢。"

"她比另一个要聪明一些，但不怎么诚实。"约翰老伯说出他的看法。

"贝丝一点为人处世的道理都不懂。不过跟露易丝相比，她毕竟要年轻一些。"

约翰劝解他的妹妹："要是你打算弄清楚她们每个人的优点和缺点的话，你就给自己揽了一个很难完成的任务，而且到最后你多半会做出错误的决定。我还有一个外甥女呢？不是有三个女孩的吗？"

"没错，另一个马上也会到这里来。塞拉斯·沃森，也就是我的律师，刚从纽约发电报说他会把帕特丽夏带过来。"

"必须得派人接她才行吗?"

"的确是这样,她是爱尔兰人,我记得她爸爸是个丢人现眼的老无赖,总是让可怜的维奥莱特忧心忡忡的。这个女孩可能就跟她爸爸一个样,她给我写了一封无礼至极的信,斥责我以前没有资助过她的父母,并且拒绝到我这里来。"

"那她现在怎么改主意了呢?"

"我告诉沃森一定要想办法带她过来,我倒要看看这个女孩到底怎么样。"

约翰用口哨吹起一首老歌来。

然后他告诉珍:"我建议让她们抽签来决定谁可以继承埃尔姆赫斯特。你不是想把钱留给她们当中最优秀的那一个吗?用这种方法跟用其他方法得出的结果反正也差不多。"

"胡说八道!"珍·梅里克尖声说道,"我并不打算把财产留给最优秀的那一个。"

"不是这样吗?"

"根本不是这样,我只想选出我最喜欢的那一个——不管她是不是最优秀的。"

"我明白了。珍,我要把我之前的话再重复一遍,你的性别是一个解不开的谜团。好了,晚安吧,老妹。"

"晚安,约翰。"

第十三章　另一个外甥女

帕特丽夏坐在珍姨妈的对面，还戴着她的帽子和灰色围巾。

"好吧，我过来了，不过我很怀疑我是不是有来这里的必要。"

珍姨挑剔地上下打量着她。

"你瘦小得古怪，"她毫不掩饰地说，"我在想我为什么要花这么大的力气把你找来。"

"我也这么想，"帕琪满不在乎地回答，眼里有倔犟的光芒，"你会为此感到遗憾的。"

沃森律师原本静静地站在那里，现在却按捺不住地插话了。

"我跟道尔小姐说你生病了，想要见见她，她这才好心地答应来埃尔姆赫斯特住上一些日子。"

帕琪接着解释说："是这么回事，我把爸爸送去度假了，让他去看看他的老上校。三年前我就想让他去那里，但我们负担不起来回的费用。直到这个春季，我涨了薪水才攒下了这笔钱。他会跟他的上校一起回忆过去那些辉煌的岁月，还可以整天一起钓鱼、打猎、喝威士忌酒。沃森先生去找我时，我正好一个人待着没什么事情可干，而且很难当面拒绝他的请求。"

"为什么你不愿意到这里来？"珍姨问道。

"呃，我并不认识你，而且也不是特别想要认识你。不是我心里记仇，但你要知道，过去这么多年来，你在我家人的心里连朋友都算不上。你既有钱又有身份，可能脾气还有些暴躁。珍姨妈，我们虽然贫穷，但也有自尊心，想要按照自己的方式过自己的生活。"

"你要工作吗？"珍姨又问她。

"当然了，我是帮别人做头发的，每个周六的晚上都会领到一大笔薪水。顺便说一下，珍姨妈，为什么你的头发弄成了这样，这种扎法应该是我独创的。"

"这是露易丝帮我梳的。"

"她是你的佣人吗？"

"是我的侄女，露易丝·梅里克。"

帕琪打了个呼哨，然后赶紧用一只手遮住了自己的嘴巴，表情变得很严肃。

"她在这里？"过了一会儿之后她才问。

"是的，还有你的表妹——伊丽莎白·德·格拉夫——也在这里。"

帕琪大声喊起来："这下麻烦了，这就是我不愿意过来的原因，你知道吧？"

"我不明白你在说什么，帕特丽夏。"

"哎呀，这不就像脸上长着鼻子一样清楚吗？即使我没有逼沃森先生说出真相我也知道，你让我们这些人到这里来，就是为了把我们放在一起比较，然后挑出你最喜欢的那个。"

"然后呢？"

"你最喜欢的那个会得到你的财产，剩下的那些你就可以打发走了。"

"我没有权利这样做吗？"轮椅上的老人用一种十分惊讶的语气问道。

"也许你有吧,但我们最好现在就把话说清楚,珍姨妈,我不会碰你一分钱的,不管在什么情况下都是这样。"

"我不认为你会这样做,帕特丽夏。"

女孩笑了起来,欢快的笑声里充满让人难以抵抗的感染力。

"那你就这么想吧,姨妈。"她友好地说,"我并不介意过来看你,因为这正好可以让我休息一阵子,而且乡下这时候的景色非常不错。更重要的是,我觉得我会喜欢上你的。你好长一段时间都独自一人,所以性格反复无常,让人觉得不好相处,但是你眼睛和嘴巴的线条很柔和,所以在我看来,你应该很容易再回到以前那种心地善良、性情开朗的时候。所以,如果你愿意让我住上几天,我就去把自己的行李放好。但是我不会为了你的钱去跟别人争的,而且从现在开始,我会支付自己的开销,就像我一直所做的那样。"

在女孩说话的时候,塞拉斯·沃森一直带着焦虑和惊恐的神情看着珍姨。除了他以外,还从来没有其他人敢跟珍·梅里克这么直白地说话,他很想知道她会对这个年轻女孩的话作何反应。

帕特丽夏的话虽然说得直接,但看得出来她并没有冒犯的意思。她的大眼睛看上去就跟她说的话一样坦率,里面闪烁着善良和温厚的光芒。这个女孩显然对她的姨妈会给出怎样的答复胸有成竹,因为她一说完就摘掉了自己的帽子。

老妇人一直严厉地盯着帕特丽夏的一举一动,她伸出一只手,按响了呼叫铃。

"米泽莉,"她对那个老管家说,"把我的外甥女帕特丽夏小姐带到玫瑰客房去,看看那里是不是有她需要的所有东西。"

"谢谢啦。"帕琪一跃而起,准备起身离开。

珍姨看着帕特丽夏,用平静的语调告诉她:"你在这里不要有任何拘束,尽可能地让自己过得愉快一些。我担心这个地方对女孩子来说有点儿单调乏味,但这没法改变。你想待多久就待多久,打算什么时候回家都行。如果突然想找一个脾气又坏又不讨人喜欢的老太太聊聊天的话,随时欢迎你过来找我。"

帕琪站在珍姨面前,同情地看着轮椅上这位老人皱巴巴的脸。

"啊呀!我刚才说的话太难听了。我一点要伤害你的意思都没有,珍姨妈,你一定要原谅我。要是我从一开始就对你不感兴趣的话,我是一个字都不会说的——不管是好话还是坏话。"

"你走吧。"珍姨费力地转动着自己的轮椅,"不管什么时候,只要你愿意就过来找我。"

帕琪点点头,跟着管家来到了玫瑰客房,这是这幢老庄园里最漂亮的一个房间,大大的窗户正对着花园最漂亮的地方。

沃森律师在他老朋友的对面坐了下来,好长一段时间都没有说话。最后他开口说:"这个孩子还真是让人难以忍受。"

"你是这么想的?"珍的心绪让人捉摸不定。

"一点没错,另外两个中的任何一个都比这个更适合成为埃尔姆赫斯特的女主人。不过我不得不承认,在我认识她五分钟之后,她就把我这个老头子给吸引住了。但是钱会毁了她的，她是那种社会底层的人养大的孩子，不应该把她从一直生长的那种环境中突然拎出来。珍，珍——你现在做的这些都犯了严重的错误，为什么你不做那件唯一正确的事，把埃尔姆赫斯特留给肯尼斯呢？"

"你真烦，塞拉斯。那个男孩是所有人当中最让人受不了的。"

提议是老一套，答复也是老一套，对这件事沃森先生几乎已经不抱任何期望了。

又过了一阵子之后他问老妇人。

"我听说约翰·梅里克从西部回来了，这是真的吗？"

"他昨天到的，这件事让我非常意外。"

"我应该从来没有见过他。"

"确实是这样，在我跟你和汤姆认识之前，他就去了很远的地方。"

"他是个什么样的人？"

"诚实，简单，头脑冷静，阅历丰富。"

"他是不是没有成家啊？"

"我觉得是这样，他从来没有跟我提过感情上的事，只是说这一辈子他都在努力工作，现在想要平静安详地了结余生。约翰不太注意自己的言行，也没有受过多少教育，但尽管如此，他看起来仍然是个相当不错的人。"

"你过去还以为他不在人世了，对吧？"

"没错，过去他消失得无影无踪，我根本就不知道在他身上发生了什么事。"

"他一定是个怪人。"沃森先生笑着说。

珍姨没有否认这一点："他这个人确实有些怪，但血浓于水,塞拉斯,我哥哥约翰到这里来了,这真让我高兴。"

又坐了一小会儿之后,律师离开了珍姨,走上穿过花园的小径,来到了肯尼斯住的地方。他在楼梯上停了一会儿,发现四周一片寂静,只偶尔听到灌木丛里传来几声鸟的鸣叫。他猜测肯尼斯也许不在家里,但想了想之后还是轻轻地爬上了楼,站到了房间的门口。

男孩背对着门口,正在和一个矮矮胖胖的男人下象棋,两个人都在认真思考接下来该怎么走。那个男人看到了沃森律师,对着他点了点头,然后把视线又移回到桌面上。

肯尼斯闷闷不乐地皱着眉头。

"不管你怎么走,你这个卒子是丢定了。"矮个子男人轻声告诉他。

男孩突然愤怒地叫了一声,把面前的桌子猛地推开,桌上的棋子稀里哗啦地全都滚到了墙角落。矮个子男人立即探过身子,抓住了男孩的领口,然后把男孩猛地拽过来顶在自己的膝盖上。男孩尖叫着挣扎。那个男人举起手,用力拍在男孩的屁股上,一声脆响在整间屋子里回荡开来。他紧接着又拍了几巴掌,直到认为肯尼斯少爷已经挨够了打才停下。

约翰老伯松开手,男孩倒在了地上。他慢慢地爬起来,退到门口那里,恼怒地嘀嘀咕咕抱怨。

约翰老伯平静地从口袋里掏出烟斗,装上烟叶,然后对男孩说:"你破坏了约定,我遵守了诺言。我们先说好了的,如果你像昨天那样胡乱闹腾不守规矩,我就会好好痛打你一顿。你自己说,是不是那样?"

"是的。"男孩承认。

"嗯,但是刚才你那该死的坏脾气又缠上了你,你没有控制住它，所以才结结实实地挨了一顿打。捡起棋盘来，肯，我们再下一盘。"

男孩犹豫了，他往四周看了看，正好瞧见沃森律师一动不动地站在门口。肯尼斯哭喊了一声，一头扑进了他老朋友的怀里，然后嚎啕大哭起来。

约翰老伯划着了一根火柴，点燃了烟斗。他冷眼旁观，镇定自若地说："不管怎么讲，约定就是约定。"。

"他用巴掌打我！"男孩抽泣个不停，"他把我当小孩一样拼命地打。"

"是你自己的错，"约翰老伯说，"你想要我跟你下盘棋，我答应了，不过前提是你要守规矩，但是你没有做到。你好好看看，看看地上，还有什么要怪我的吗？"

"没有。"男孩瓮声瓮气地回答。

"你没受伤吧？"

"没有。"

"那就别哭哭啼啼个没完，把我介绍给你朋友认识一下。"约翰看着律师，"你是姓沃森的那个，对吧？"

"塞拉斯·沃森，先生，乐意为您效劳。"律师微笑着说，"这位想必就是约翰·梅里克了，我知道在我出去办事的这段时间，你来了埃尔姆赫斯特。"

"一点没错。"约翰老伯回答，然后两个男人友善地握了握手。

律师接着说："先生，欢迎你到埃尔姆赫斯特来。从我还是个男孩的时候起我就了解这里，那时候这个庄园是属于我最亲近的朋友托马斯·布拉德利的。我希望在你更熟悉这里之后，你会像我一样爱上这个地方。"

"布拉德利一定是个笨蛋,才把这块地方留给了珍。"约翰摇着脑袋说道。

"他那时正深陷在爱情之中呢,先生。"律师接过话头,然后两个人都笑了起来。

然后律师把注意力转到了肯尼斯身上。"这段时间过得怎么样?那两个女孩有没有打扰到你呢?"

"没有,"男孩回答,"我躲开了她们。"

"这个办法不错。哦,顺便告诉你一声,先生,"他转向约翰·梅里克,"我刚刚把你另一个外甥女带过来了。"

"帕特丽夏?"

"她更喜欢别人把她叫作帕琪。这是个奇怪的小家伙,有一半爱尔兰人的血统。"

约翰说:"她还有一半是梅里克血统,这样的搭配还真是诡异。不过也许只有爱尔兰的血统才可以跟梅里克的血统平分秋色。真没想到,我是过来看一个亲人的,却找到了四个——还全是女的。"

"我觉得你一定会喜欢帕琪的。你也会的,肯尼斯。"

男孩愤愤不平地低吼了一声。

"我讨厌所有的女孩子!"

"你不会讨厌这个的。她跟你一样野性十足,大胆冲动,但是脾气要好一些。她会是个不错的伙伴,尽管有时候她说不定会扇上你一个耳光。"

男孩阴沉着脸转过身,慢慢地把洒在地上的棋子捡起来。另外两个男人则走下了楼梯,一起在花园里散步。

"这男孩的性格有些古怪。"约翰告诉律师他的感受。

律师真挚地说:"我很高兴看到你跟他交上了朋友。一直到现在,除了我之外,没有人像朋友一样对待过他。他时不时地就会乱发一通脾气,让我特别担忧。"

"这个年轻人很有个性,但是他被惯坏了,大家都由着他的性子来,让他像棵野草似的随心所欲。他可能会成为一名罪犯,也可能会变成一位绅士,这就要看他所处的环境会怎样引导他的天性了。"

"他应该去念一个军事学校的,"沃森律师说道,"正规的军事训练会让肯尼斯变成一个真正的男人,但我没办法说服珍在这个男孩身上花这笔钱。她仅仅只给他提供衣食和住的地方,为他支付最基本的生活所需。虽然她有大笔的闲钱,但她不愿意资助托马斯·布拉德利这个唯一的外甥去接受正规的教育。"

"珍也是个怪人。"老妇人的哥哥叹了一口气,"实际上,沃森先生,这就是一个古怪的世道,我在这其中活得越久,就越觉得它诡异。我曾经还想着要是能通过自己的努力让事情变得有条理,让周围的人和事都走上它正常发展的轨道就好了,但是很早以前就放弃了这个想法。人们总说世界是一个舞台,不过大部分的时候,这上面演的都不是能让观众兴高采烈的那一种。有时我真希望这个舞台上没有给我预留位置就好了。"

第十四章 肯尼斯受到了惊吓

沃森律师因为对埃尔姆赫斯特发生的一系列事情都无能为力，就干脆当起了这幕小喜剧的冷眼旁观者。他倒是从来都不后悔，就像约翰所说的那样——"在这个舞台上有一个预留的位置"。

先前那个最专横最暴躁的老太太珍·梅里克，自从她的侄女和外甥女来了之后，变得出奇的克制，而且真的在很努力地研究这些女孩子迥然不同的个性。时间一天天地过去，她虽然没有再次遭受中风或是麻痹的突袭，但左腿却再也没能恢复知觉，而且那种麻木无力的感觉正在往上扩散，慢慢地朝她的心脏渗透。

也许这位老妇人对逼近自己的死亡看得比其他任何人都要清楚，她现在对菲布斯和米泽莉——这两个大部分时间都在照料她的人——比以前要和气得多。对于自己的侄女、外甥女还有哥哥，她都尽可能地表现出她的关心和体贴。她时常让塞拉斯·沃森陪在自己身边，他是她最信任的老朋友，两个人之间的唯一争议就是关于那个男孩肯尼斯的，珍执意拒绝改变对那个男孩的看法。

约翰很快就成为了这里的一份子，佣人们都已经习惯于看到他漫无目的四处闲逛的样子。他总是嘴里叼着他的烟斗，把两只手都插在衣服口袋里。他会主动跟唐纳德、奥斯卡或是詹姆斯愉快地说上一两句话，但不喜欢谈得太久。每个晚上，当他到餐厅吃饭的时候，他就系着那个弄脏了的白色领结，其他的时候则系着那个黑色的，除了这个以外，他的穿着从来都是一成不变。肯尼斯开始不停地猜测约翰老伯刚来埃尔姆赫斯特的时候，胳膊底下夹着的那个包袱里到底装着什么东西。

这个矮个子男人似乎从一开始就被他的侄女和外甥女给吸引住了。他总是会在女孩们出来散步的时候接近她们，并且东拉西扯地跟她们说话，即使有很多次他都在露易丝的冷落和贝丝的高傲面前碰了一鼻子灰，他也毫不在乎。时间一长，女孩们慢慢接纳了他，露易丝开始淘气地逗他取乐，贝丝则认真地纠正他说话的方式，努力想让他的举止变得得体一些。约翰老伯对这些感到心满意足，他总是谦逊地感谢贝丝好心的指点，而在露易丝嘲笑他的身材，并且说他那一头粗硬的灰白头发正好可以做成一把相当不错的硬毛刷子时，他就跟着她一起哈哈大笑。

帕琪跟她的这两个姐妹相处得并不好。露易丝在第一次看到她的时候，故意装出特别惊讶的样子，说没想到她竟然是那个"派过去给她做头发的女孩"。帕琪当时就宣称她们属于完全不同的两种人。

她跟露易丝和贝丝说："虽然我们是表姐妹，并且现在都住在这个地方，但这并不意味着我们非成为朋友不可。你们当中的一个可以继承珍姨妈的财产，因为我已经明确说过我不会动她一个子儿，她也告诉我不会给我这样的机会。也就是说，你们两个都有可能在将来成为一个了不起的贵妇人，而我会一直凭着自己的双手来养活自己。不管怎么样，我都不会在这里住很长时间，所以你们就干脆忘记我在这儿好了，我会给自己找点乐子，尽量避免打扰到你们。"

那两个女孩都觉得这个主意非常明智，而且菲布斯已经变成了贝丝忠实的追随者，所以珍姨和帕琪说的每一句话都会原封不动地传到贝丝的耳朵里。根据这些对话判断，她们完全无需担心帕琪会介入到她们的计划之中，所以也就放心地由着她去了。这三个女孩只在正式的晚餐上才会碰面，尽管珍姨的身体变得越来越虚弱，她仍然坚持跟她们一起用餐。

老塞拉斯·沃森对这件事的进展也很感兴趣，但十天过去之后，他还是没法判断珍·梅里克到底喜欢哪一个女孩。贝丝是他心目中的理想人选，他坦率地说过这个女孩会成为埃尔姆赫斯特最好的女主人。除了他以外，庄园里的所有佣人，上至米泽莉和菲布斯，下至奥斯卡和苏珊，全都对贝丝赞不绝口。只有园丁詹姆斯是个例外，他不喜欢任何一个。埃尔姆赫斯特一下子涌来了这么多陌生人，他心里的恼恨就没有消停过，甚至连身上的病痛都好像比往常要剧烈了一些。除了他的女主人以外，他对所有人都避而不见，也不怎么干活。珍姨完全理解詹姆斯的怪癖，所以心里对他很是同情，也从来都不责怪他。

露易丝的每一步棋也走得相当不错，即使把贝丝争取到的所有朋友的力量都加起来，还是抵消不了珍姨对露易丝的尊重和喜爱。在把支票还回去之后，露易丝经常陪在她姑妈身边，讲一大堆新鲜劲爆的八卦消息，把老人哄得开开心心的。还从来没有哪一个年轻女孩能把枕头整理得如此舒适，也没有人能像她那么温柔地按摩病人昏昏沉沉的脑袋。除此之外，她还一直提醒她姑妈留心一些缩减日常开支的方法，这位庄园的女主人由于身体疾病的关系，已经有一段时间没有管过这些事情了。

珍姨开始让露易丝来核查每周的账目，因为这层关系，她越来越依赖露易丝，几乎就跟她依赖沃森律师的程度一样。

帕琪根本就没有花任何心思去博取姨妈对她的好感。她的姨妈也很少跟其他人提起她。不过每当这个女孩出现在她面前，快乐地说说笑笑的时候，老妇人总是会变得容光焕发起来。帕琪从不在珍姨那里停留很长时间，但不管她什么时候出现，珍姨都会陷进一种奇妙的感觉之中，就像是有一道阳光突然照到了她的身上。塞拉斯·沃森用精明的眼睛关注着一切，他注意到珍在看着这个任性不羁的外甥女的时候，眼里会闪现出一种他以前从来没有见到过的光芒。他开始怀疑这两个人刚见面时订立的那份关于财产的协约，是不是真的会一直有效。

遗产继承这件事成了一桩悬案，尽管律师每天都期待着珍·梅里克把他叫过去拟定遗嘱，并且已经准备了好几份范本，以备不时之需，但至于她到底打算怎么办，仍然没有从她的嘴里听到过一个字。

肯尼斯这段日子确实过得十分悲惨。他总觉得不管他走哪一条路，都一定会迎头撞见一个或是几个那些令人厌烦的女孩子，甚至在唐纳德的马具房里，他都不能完全避免。帕琪经常会盘腿坐在那里的长凳上，认认真真地盯着老唐纳德整理马具，一旦唐纳德打翻了油或是扣错了带扣时，她就乐不可支地笑个不停。

更糟的是，这个烦人精还会给那匹栗色母马诺拉装上马鞍，然后像假小子一样骑着它到处飞跑。因为唐纳德不允许任何人骑拉车用的马，这样一来肯尼斯就只能骑那匹叫作山姆的老马了。山姆很高，瘦骨嶙峋的，跑起来还有些步态不稳，所以这个男孩觉得自己更有充分的理由讨厌这个帕琪。

露易丝从一开始就对肯尼斯非常感兴趣，并且下定了决心要逼着他跟自己说话。

一天早上，她在一间小避暑屋里堵住了他，因为这间房子只有一个出入口，所以他根本就逃不出去。

"啊哈，我猜你一定就是肯尼斯·福布斯了，"露易丝欢快地说，"很高兴认识你，我叫露易丝·梅里克，是梅里克小姐的侄女。"

那个男孩尽可能地把身子缩紧，眼睛瞪得大大地盯着她，一句话都不说。

露易丝接着说："你不要害怕我，我还挺喜欢和男孩子打交道的，而且你应该跟我差不多大。"

男孩依然一声不吭。

露易丝坚持说下去："你好像不怎么了解女孩子，而且很害羞。我想跟你交个朋友，你已经在这儿住了这么多年，关于这个古老又有趣的地方有太多东西可以讲给我听了。来啊，坐到凳子上来，我们好好地聊聊天。"

"滚开！"男孩嘶吼一声，抬起双手似乎想把露易丝挡住。

露易丝看起来既惊讶又悲伤。

"你怎么啦，我们差不多也算是表亲了，难道我们不能成为朋友或是伙伴吗？"

男孩突然往前一蹿，把露易丝撞到了一边，差点把她撞倒在地上。一眨眼的功夫，他就跑出了避暑屋，在树篱间消失不见了。

露易丝被自己狼狈的样子给逗乐了，终于放弃了结识这个男孩子的打算。

"他完全没有教养，"她后来告诉贝丝说，"而且脑子好像有点不正常。"

贝丝泰然自若地宽慰她："别放在心上，不管从哪个方面看，他都无足轻重。珍姨妈过世之后，他很有可能会搬到其他地方去，我们就不要为了他烦心了。"

除了老律师，肯尼斯还有另外一个经常碰面的朋友，约翰老伯每天都去男孩的房间里跟他下象棋。让人觉得不可思议的是，肯尼斯在那一天受到了严厉的惩罚之后，不但一点也没有怀恨在心，甚至还跟约翰老伯相处得更加融洽了。约翰老伯是一个非常精明老练的棋手，但男孩总能迅速地发现一两步好棋，两人算是棋逢对手，每一局棋的胜负都难以预料，因此两个人都能玩得兴致盎然。晚上的时候，约翰老伯会坐到男孩房间外面的楼梯上，专心地抽着自己的烟斗。男孩经常会过来和他一起坐在星空之下，各自沉默地想着自己的心事。

但是露易丝和贝丝很快就发现了男孩幽静的住所。她们很喜欢走进男孩那边的小花园里，甚至爬上通往他小房间的楼梯，让他不得安生。男孩虽然可以通过楼上那些长长短短的走廊轻松地避开她们，但跑到房子的右边后他又很容易遇见其他的人，而且他最怕的就是碰到那个讨厌的珍舅妈，所以他想出了另一种办法来避开这两个女孩。

在大楼左侧的走廊里，靠近他房门的地方有一个小梯子，男孩知道通过它可以到达第二层的屋顶。距离屋顶边沿大约三米多远的地方有一棵老橡树，就种在一排高树篱的旁边。肯尼斯把一块木板带到了屋顶上，然后在经过了多次尝试之后，终于成功地把木板的一端架在了大橡树的一处枝桠上，这样一来，这块狭长的木板就把屋顶和橡树连接起来了。自此之后，他一看到那两个女孩走进小花园，就立刻逃上屋顶，跑过那个木板桥，爬下大橡树，然后躲在高高的树篱里面，完美地逃离了女孩们的骚扰。

露易丝和贝丝发现了男孩的逃跑计划，于是经常过来吓唬他，逼着男孩穿过那块让人头晕目眩的窄木板，逃到树篱里面。把他吓跑之后，她们就大声说笑着继续闲逛，并为自己捉弄到了这里唯一的男孩而开心不已。

帕琪没有参与这种邪恶的小诡计，甚至完全不知道这出独幕喜剧每天都会重复上演，但肯尼斯对她也像对另外的两个女孩一样，总是避之唯恐不及。

帕琪很快就从奥斯卡那里得知男孩和她一样喜欢骑马，而且有一两次她还看到了他正坐在高大的山姆背上，在一条偏僻的小道上骑行。她猜想自己冒失的举动可能给男孩带来了困扰，所以有一天早上她主动询问了那位马夫。

"肯尼斯经常骑的马是不是诺拉啊？"

"是的，小姐。"马夫回答道。

"那么今天早上我还是选山姆好了。"

马夫提出了异议。

"你不会喜欢山姆的，小姐，"他告诉帕琪，"它时不时地会耍点小性子，而且跑起来不是很稳。肯尼斯今天不会需要诺拉的，我能肯定。"

女孩犹豫了。

"我最好还是问问他吧。"她说完后停了一会儿，然后转身走进了花园，想利用这个机会跟那个孤僻的男孩说说话。

第十五章 帕琪遭遇了一场事故

"从这里滚出去！"帕琪一出现在楼梯底下，男孩就愤怒地冲她大吼。

"不！"帕琪生气地回答，"我得过来跟你说说那匹马的事，你要对我态度好一点！"

男孩压根儿就没有耐心听完她的话，他一看见帕琪走上楼梯，就立刻像往常那样，慌慌张张地跑过走廊，爬上了屋顶。

帕琪只好返回花园，对他逃跑的事感到很恼火。没过多久，她看见男孩又露面了，他正站在倾斜的屋顶上，准备从那块窄木板上跑过去。

突然男孩的脚一滑，身子迅速地往下溜去，一眨眼的功夫就滑到了屋顶的边沿。他的手拼命往前伸，想抓住那块木板，但木板离他还有三四十厘米远。紧接着他的头和肩膀都冲出了屋顶，好在一只手总算抓住了一点东西——屋檐下一个凸出来的用来固定水槽的钩子，水槽很久以前就被取掉了。男孩死死地抠着这个钩子，想凭借这点力量稳住自己的身体，但那股惯性实在是太大了。

男孩陷入了令人绝望的困境之中，他的身体已经悬空，距离脚下将近十米远的地方是坚硬的路面，他想不出任何办法可以再爬回屋顶。而且那个钩子很小，他的另一只手抓不上去，只好紧紧攥着这只手的手腕，好让这只手承受的拉力稍稍减小一些。

帕琪冲他大喊："抓紧了！我这就过来。"

她噔噔噔地跑上楼梯，穿过男孩的房间，跑到走廊，找到了那个梯子，很快爬上了屋顶。在迅速看了看周围的情况之后，她稳住步子走下倾斜的屋顶，来到搭着木板的地方，然后走到木板上查看男孩的处境，很快就决定好了怎么做。

"坚持住！"她又喊了一声，然后回到屋顶上，把木板的这一头架到了钩子的正上方。接着她趴在了木板上，两只手从木板的两侧往下伸，紧紧抓住了男孩的两只手腕。

"好了，现在你可以松开钩子了。"

男孩抬起头，惨白的脸正好对着帕琪："要是我松开的话，会把你也给拽下去的。"

"不，不会的，我确定自己能够把你救上来。松开吧！"帕琪命令那个男孩。

男孩哭丧着脸说：你把手放开，让我掉下去算了。"

帕琪反而把他的手腕抓得更紧了。

"别犯傻了！如果你照着我说的去做，一点危险都没有。"

男孩用恳求的目光看着帕琪，突然下定决心相信这个女孩，因为他实在是没有力气再抓住钩子了。

他松开了手，身体在木板下面荡来荡去，女孩趴在木板上紧紧抓住他的手腕。

"现在听好了，"她冷静地说，"我把你往上拉的时候，你就用手抓住木板的边沿。"

帕特丽夏不仅胆量大，力气也大，而且危机时的压力转化成了动力，使她做成了像她这样体重的女孩几乎不可能办到的事情。她把男孩用力往上拉，直到他的双手紧紧抓住了木板的边沿，才把他的手腕松开，然后朝屋顶这边退回来了一点。

她大声告诉男孩:"现在把你的腿荡上来,你就安全了!"

男孩努力照她的话做,但他的力量已经消耗得差不多了,所以哪怕使出全身气力他也只能让自己的脚趾头碰到木板。

"再试一次。"女孩给他鼓劲。

这一次在男孩努力往上踢的时候,她抓住了他的双脚,然后使劲往上拽,把男孩的腿搭在了木板上。

"你现在能爬上来了吗?"

"我试试。"男孩气喘吁吁地回答。

从珍姨的那个小花园里往上看的话,正好可以将这块木板一览无余。珍姨坐在轮椅上,虽然看不到肯尼斯住的房间,却能清清楚楚地看见那块架在屋顶和橡树之间的窄木板。这段时间珍姨一直对这块突然出现的木板心生疑惑,不知道它为什么会放在那里。

珍像往常一样待在花园里,悠闲地跟约翰·梅里克和塞拉斯·沃森聊着天。突然,她惊诧地大叫了一声。那两个男人顺着她的视线看过去,正好看见肯尼斯在屋顶上跑,摔了一跤,然后从边沿上滑了出去。一时间,这三个人全都又惊又怕,僵在那里一动不动,紧接着他们就看见了帕琪。

他们目不转睛地盯着她的一举一动,看到她趴在了木板上。

"她在努力救他——那个孩子一定是被挡在了什么地方!"律师大叫一声,然后这两个男人就用最快的速度穿过花园的小径,全力朝那里赶了过去。

珍姨一动不动地看着那块木板,她发现男孩的身影晃晃荡荡地出现在了木板底下，女孩伸出两条手臂，紧紧地拽住了他。老妇人缓了一口气，继续看着帕特丽夏把他往上拉，男孩用手抓住了木板，接着女孩往后退了一点，在男孩的脚往上踢的时候抓住了它们，把他两条腿搭在了木板上。

到了这个时候，女孩再也帮不上男孩什么忙了，他必须想办法自己爬到木板上面来。

换作平时，肯尼斯应该很容易做到这一点，但现在他的精神过度紧张，而且已经精疲力竭了。第一次他差点就爬上来了，但没有成功，接下来他使出的力气就更小了。帕特丽夏这时又走到了木板上，珍姨看见她弯下腰，抓住了男孩的衣领，然后猛地把他往上一拽。

"真是勇敢！"她的话音还未落，就看见木板上站着的那个女孩突然挣扎了几下，但最后还是失去了平衡。她张开双臂，身子向侧面歪倒，然后从木板的边上栽了下去，消失在了视线中。

听到珍姨痛苦的尖叫，菲布斯赶快朝她这里跑了过来。她一眼就看到了昏厥过去的女主人，于是连忙往四周张望，正好看到那个男孩慢慢地爬过木板，爬上了橡树，然后顺着树干往下滑，消失在了高高的树篱之后。

"该死的！"老佣人愤怒的咆哮着，"他会把珍小姐给逼死的！"

第十六章　还算不错的结果

第十六章　还算不错的结果

约翰老伯没办法跑得像律师一样快，不过他从树篱间的一个缺口穿了过去，差不多跟塞拉斯·沃森同时赶到了那块木板下方。

他们正好瞥见那个男孩安全地攀到了木板上面，但是女孩却失去了平衡，她伸长手臂努力想要稳住自己，但是没有起到任何作用。伴随着一声低呼，她跌了下来，并且迅速往下坠落。

律师和约翰根本没有时间考虑应该怎么做，只是下意识地冲过去想要接住帕特丽夏。女孩把他们砸倒在地，又被树篱弹了回来，跌到了路面上。

两个老伙计头晕目眩地挣扎着站了起来，女孩则一动不动地躺在他们面前。她的前额上有一道深深的伤口，鲜血不停地从里面涌出来，双眼紧紧地闭着，像是睡着了一样。

片刻之后，男孩跑过来跪到了女孩身边，把手帕紧紧地按在她的额头上，想止住不断渗出来的鲜血。

"别愣着啦！天啊！你们快想想办法呀！"他伤心地嚎啕大哭，"你们难道没看到她刚才拼了命地来救我吗？"

约翰老伯跪到地上，把一动不动的帕琪抱了起来。

"安静些，年轻人，"他告诉肯尼斯，"她没有死。你骑上诺拉，用最快的速度去把医生找来。"

男孩立刻冲出去。因为还有机会补救，他的痛苦稍微减轻了一些。约翰老伯抱着他的外甥女，走到玫瑰客房，让她平躺在洁白的床单上，老律师则一直跟在他的后面。

米泽莉马上赶过来了，然后是露易丝和贝丝。这两个女孩看到帕琪变成了这个样子,心里充满了恐惧和对她的同情。

珍·梅里克很快就苏醒了过来,菲布斯俯下身去照料她,听到她说的第一句话就是:

"她死了吗?"

"您在说谁呀?珍小姐。"

"帕特丽夏。"

"我不知道,珍小姐。您为什么会这么问?"

"快去呀,你这个蠢东西!去给我问清楚。问我的哥哥——或者是任何人——问帕特丽夏是不是死了!"

菲布斯来到玫瑰客房,发现这些人全都俯身看着床上躺着的女孩。

老佣人抖抖索索地问约翰:"她死了吗,先生?珍小姐派我过来问问您。"

"没有,"约翰老伯的声音很低沉,"我能肯定她没有死,但我不知道她到底伤得有多厉害。我知道她的一条腿——也就是右腿——已经断了,因为刚才我把这孩子抱在手上的时候能感觉到。不过,更详细的情况得等到医生检查之后才能知道。"

好在米泽莉算得上是半个护士,露易丝也在一旁帮着忙前忙后,表现得比其他人都要热心。在大家的齐心协力之下,女孩前额的伤口擦拭干净后用绷带包扎得很好,外面的衣服也脱掉了,盖好了被子。她躺在床上一动不动,脸上依然没有一点血色,但是柔和的呼吸声让大家都知道她还活着。

肯尼斯找到医生后,哀求医生骑着母马诺拉一路狂奔赶到了埃尔姆赫斯特,他自己则骑着医生稳重的矮脚马,尽可能快地跟在后面。

伊莱尔医生只是一个乡村医生,但这些年来他积累了不少的行医经验,在外科方面非常在行。他在仔细检查了帕特丽夏的伤势之后,断定这个女孩并无大碍。

珍姨等医生一检查完就派人把他找了过来,急切地向他询问帕琪的情况。医生告诉她说:"这位年轻的小姐摔断了一条腿,而且身上有很多刮擦的伤口。但她并没有受什么内伤,前额上的伤口也不太严重,只要用心照顾的话,用不了多久她就能恢复得很好的。"

老妇人恳切地对医生说:"伊莱尔医生,尽你的一切努力帮帮她吧,我会付很高的酬劳给你的。"

医生在帕特丽夏恢复意识之前缝合好了她额头上的伤口,并且把她摔断的腿也接好了,所以帕琪在治疗的过程中并没有受多少苦。

露易丝和贝丝时不时地过来看看她,对这位受伤的姐妹满怀关切和同情,帕琪的变故似乎激发了她们内心隐藏着的那种真正的柔情。

帕琪还不能说话,只能感激地看着这两个小姐妹微笑。三个女孩突然变得异常亲近起来,这是谁都没有预料到的。

那个男孩总是守在帕特丽夏的房门外面来来回回地走,只要有人从房间里出来,他就不停地打听女孩恢复的情况。他以前那种对女性的回避和恐惧好像被施了魔法一样全都消失了,有时他甚至会主动向贝丝和露易丝打听一些事情。而这两个女孩在得知帕特丽夏受伤的经过之后,变得对肯尼斯特别温柔,生怕自己再吓到他或是再冒犯到他。

傍晚的时候,露易丝问帕琪要不要见一见肯尼斯,女孩毫不犹豫地点了点头。

肯尼斯走进房间的时候，表情很尴尬，身体也抖个不停。他怯怯地看着帕特丽夏缠着绷带的前额和没有血色的脸，不知道该说些什么才好。帕特丽夏努力对着他微笑，还伸出一只手来让他握着。男孩用双手把那只小手紧紧包住，好几分钟都没有松开，只是一动不动地站在女孩床边，目不转睛地盯着帕特丽夏。

过了一会儿，露易丝把肯尼斯打发走了。男孩回到自己的房间，痛哭了一场，然后又恍恍惚惚地出了门，走下了楼梯。

第二天早上，约翰老伯把男孩从帕特丽夏的门口拖开，拽着他跟自己一起下棋。男孩心神不宁，每盘棋都输得一塌糊涂。约翰老伯玩不下去了，干脆坐到楼梯上自顾自地抽起烟斗来。男孩则走到桌子旁，从抽屉里拿出一张纸，开始不停地涂涂画画。大约过了一个小时之后，约翰老伯站起身，敲了敲烟斗，静悄悄地走到桌子旁，越过男孩的肩头看了一眼，不由得发出了一声惊叹。在那张纸上，男孩用铅笔栩栩如生地画着躺在床上的帕特丽夏，她的脸上挂着一丝淡淡的微笑，明亮的大眼睛愉快地看着握着她的手站在她身旁的一个模模糊糊的身影。

约翰轻轻打了个呼哨，然后沉思着转身离开，那位年轻的艺术家正全神贯注于自己的创作，连眼皮都没有抬一下。

约翰慢慢走到马厩，碰到了老唐纳德。

"帕琪小姐今天早上怎么样，先生？"他问约翰。

"她恢复得不错。"

"真是个勇敢的姑娘啊！是吧，先生？"

"确实是这样,唐纳德。"

"那个男孩怎么样了?"

"嗯,我觉得他变得沉稳了一些,不再像以前那样总是紧张兮兮的,没有半点规矩。我刚刚离开他的时候,他正在画一幅画。我还从没见过他画画的样子,更不知道他画得那么好。"

"先生,他确实会画画,像个真正的艺术家一样。"

"你以前知道他喜欢画画吗?"

"哎呀,先生,我这里就有他的一幅画,就放在马具房里。那上面画的是我,真的非常像,是他以前画的。"

"我能看看吗?"

"当然可以,先生。"

唐纳德领着约翰走到马具房,然后从柜子里小心翼翼地把那块珍贵的木板拿了出来。

约翰老伯很快地看了一眼,然后大声笑了起来,他能很好地体会到这幅速写中流露出来的幽默感,只是唐纳德从来就没有弄明白过。约翰把木板还给唐纳德,转身离开了,一边走一边认真地想着心事。

几天之后,一个很大的包裹送到了埃尔姆赫斯特,上面的收件人是肯尼斯·福布斯,奥斯卡立刻把它送到了男孩的房间。男孩坐在那里,盯着这个包裹看了很久,心里觉得十分诧异。然后他小心地把包裹拆开了,里面是一个便携式的画架,一些画布和绘画纸,各种各样他从来没有见过的绘画颜料,还有很多各式画笔。

肯尼斯的心因为狂喜而拼命跳个不停,他以前连做梦都没有想过这些东西会是属于他的。接下来的好几个星期,他一直在想，这样的一份大礼是怎么到了他的手上的，而且因为生平第一次拥有这么好的东西而开心不已。

帕特丽夏恢复得很快，要不是摔断了腿的话，她可能不到一个星期就又能像个没事人一样在外面跑了。但是因为断了的腿需要时间恢复，所以如果没有躺上十天半月的话，伊莱尔医生是不会同意她下床的。

在她卧床的这段时间里，每个人都很乐意过来照顾她，露易丝和贝丝会陪着她坐上几个钟头，在这里读书或是做针线活。玫瑰客房既舒适又明亮，只要房间的大窗户一打开，花园最美的那一部分景色就能尽收眼底。虽然贝丝和露易丝对彼此还抱有一点戒心，但她们都不认为帕特丽夏会在她们的计划中插上一脚，所以在跟她相处的时间里，她们毫不掩饰自己对这个女英雄的喜爱和钦佩之情。而帕琪跟她们在一起的时候，也总是显得特别的温柔可爱，坦率真诚。这样一来，没过多久这两个女孩都深深地喜欢上了帕琪，并且疑惑她们一开始为什么没有发现这个爱尔兰女孩如此可爱。

肯尼斯每天也会到这里来看一看。在帕琪的开导下，这个男孩摆脱了先前的那种拘谨和不安，讲起话来也越来越有趣。他一收到那份梦幻般的礼物，就详详细细地告诉了这些女孩们，把那些东西都带过来展示给她们看，并且向帕琪承诺他会画一幅花园的画送给她。

等帕琪恢复得差不多了之后，肯尼斯把画架带到了她的房间，这样她就可以看着他画画了。他一边画着画，一边跟露易丝和贝丝一起猜测那个神秘的赠送者会是谁。

肯尼斯告诉她们："一开始，我以为是沃森先生，因为他总是对我非常好，但他说自己根本不知道有这么回事。然后我想到了约翰伯伯，但是他太穷了，应该买不起这么贵的礼物。"

露易丝正坐在一旁做着些针线活，她对肯尼斯说："我相信他身上连一分钱都没有。"

贝丝也笑着接话："他所有的财产，就是那个多余的领结，甚至还有些磨绒了。"

"不过约翰舅舅是一个很值得尊敬的老人。"帕琪真诚地说，"我相信只要他做得到的话，他一定会买下这些东西送给肯尼斯。"

"那这个人到底会是谁呢？"男孩越想越觉得疑惑。

帕琪突然大声宣称，"咳，珍姨妈嘛，肯定是她。"

男孩的脸色一沉，摇了摇头。"她绝不会做任何让我感到高兴的事的，哪怕那样能让她活得久一点她都不会干。她恨我，我非常清楚这一点。"

"哦，不是这样的，我能肯定她并不恨你。"帕琪说，"珍姨妈的心地还是很善良的，只是你要像挖金子一样去努力发掘她的善心。她正是那种会送礼物给你，然后保留秘密的人。"

男孩慢吞吞地回答说："现在看起来好像也只有她了，我认识的人里面只有她能花得起这笔钱。我想一定是约翰伯伯，或者是沃森先生请求她这么做的，她做这件事纯粹只是为了能让他们满意。我在这里已经住了好多年了，她从来都没有对我说过一句好话，也没有为我做过一件实事，所以她不可能现在突然对我这么好，对吧？"

帕琪沉默了，男孩继续画他的画。他首先用铅笔画出大致的轮廓，然后用水彩上色。女孩们全都对他用铅笔画成的图案赞不绝口,但实在是觉得那些颜色涂得乱七八糟,连帕琪都想不出一句可以用来称赞的话。男孩突然发起火来,把那幅画撕成了碎片。

帕琪温柔地对肯尼斯说:"我还是很想要你送给我的画。肯,你就用钢笔或者是铅笔画一幅给我吧,一定会画得很漂亮的。"

"你需要有人来指导你怎样正确地运用色彩。"露易丝向男孩建议。

"这对我来说是不可能的。"男孩的声音听起来很苦涩。他采纳了帕琪的建议,开始用钢笔画起花园的美丽景色来。就在他画完第二幅画的时候,医生过来告诉帕琪她可以离开自己的房间到外面透透气了,于是帕琪就坐上了珍姨放在她这里的轮椅。

帕琪首先去了珍姨常待的小花园。自从她出事以后,珍姨因为行动不便一直没有见过这个外甥女,所以她急着要帕琪去花园找她。

帕琪想要肯尼斯推她过去,但那个男孩一听这话就沉下了脸,一口回绝了帕琪的请求。这样一来,轮椅就只好由贝丝和露易丝来推,很快这三个女孩一起出现在老妇人的面前。

珍姨的脸色不太好看。

"跟我讲讲吧,当傻瓜的感觉怎么样?"帕琪的轮椅一推到她对面,她就开口质问这个女孩。

"和平常没什么两样啊,所以我不介意。"帕琪嘻嘻笑着回答。

"你很有可能就这么摔死了,而且死得一点价值都没有。"

帕琪同情地看着自己的姨妈,她在过去的两个星期里苍老了很多,先前灰白色的头发现在看起来几乎全白了。

"你感觉好点了吗?亲爱的姨妈。"女孩关切地问。

珍·梅里克板着脸回答:"我的身体不可能有任何好转,那一天已经离我不远了。"

"唉呀,你千万别这么说。"帕琪试着安慰珍姨,"你看,这里一共有四个人,都是刚认识的亲人,我们正慢慢变得熟络起来,并且相亲相爱。你可不能让这个小集体散掉了,好姨妈。"

"我们有五个——五个亲人,"约翰老伯从树篱的一个拐角处走了出来,大声说道,"你这个小鬼怎么没把我算进去啊,帕琪。嗯,你看上去就跟以前一样容光焕发,美丽动人,如果你告诉我现在就能走上几步了,我一点都不会觉得惊讶。"

"现在还不行。"帕琪愉快地回答,"不过我一直恢复得不错,约翰舅舅,所以很快就能完全康复了。"

珍姨恨恨地抱怨:"所有这些烦心事都是那个糟糕透顶的男孩造成的!要是我知道能把他打发到哪里去的话,他在埃尔姆赫斯特一天都待不下去。"

"哎呀,肯尼斯可是我最好的朋友呢,姨妈!"帕琪认真地说,"要是没有他在这里的话,我在埃尔姆赫斯特不会觉得开心的。"

"他真的变了很多,现在看起来像是一个很不错的男孩子。"露易丝告诉她的姑妈。

贝丝也加上一句,"虽然有些时候他还是有点儿奇怪,但一点也不像过去那样粗鲁了。"

珍姨的视线在这三个女孩的脸上逡巡，感到非常惊讶。这么多年来，还从来没有一个人像这样说过那个男孩子的好话。这时，约翰老伯也开口说话了。

　　"珍，你从来没有真正关心过那个孩子，只是把他丢到那个角落里置之不理。他没有得到过任何受正规教育的机会，陪着他的只有那几个老佣人，这些几乎把他给毁掉了。我刚来这里时，他野得像只老鹰一样。好在这些女孩子正是他所需要的同伴，所以他的性情慢慢变得温和起来，并且开始像个真正的男人一样考虑事情。我完全相信，他将来一定会成为一个很不错的人。"

　　"也许你还想着自己来收养他吧，约翰。"老妇人开始冷嘲热讽，因为听到别人这么夸奖一个自己讨厌的人而恼怒不已。

　　约翰老伯把手从口袋里抽出来，无奈而又尴尬地往四周张望了一番，然后笨拙地装起了烟斗。

　　"我不是在说收养的事，珍，"他好脾气地回答道，"而且如果我要收养谁的话，"说到这里，他突然奇怪地笑了笑，"我会收养这三个女孩中的一个或是两个，而不是托马斯·布拉德利的侄子。珍，如果布拉德利没有遇见你，也没有在你年轻的时候爱上你那美丽的脸蛋的话，埃尔姆赫斯特的主人就会是肯尼斯·福布斯了，你有没有想过这些？"

　　老妇人的脸都气白了。他居然问她有没有想过这些，哼，难道他没想到这正是她讨厌那个男孩的原因吗？

　　"约翰·梅里克，你给我走开。"

　　"好的，珍。"

　　约翰老伯点上烟斗，然后慢慢走开了，把那个气氛尴尬的小团体抛在了身后。

帕琪倒还算是比较擅长处理这种境况的，她立刻大声地谈论起伊莱尔医生来，说起了那条会一直留在她前额上的伤疤，还提到了那位少校，也就是她的爸爸，回来后知道他的女儿也经历了一场战斗，并且还留下了光荣的印记时该有多么的惊讶。露易丝也恰到好处地帮助她的表妹，努力把珍姨的注意力引到其他的事情上来。在她们的努力之下，情况终于慢慢地有所好转，所以虽然这次的见面开始时比较糟糕，但在结束的时候还是比较愉快的。在帕琪返回自己房间的时候，她姨妈跟她道别的样子已经算得上是和蔼可亲了。

露易丝等到单独和贝丝在一起的时候告诉她说："我开始越来越担心了，珍姑妈明显要更喜爱帕琪一些。今天有那么一两次，我在她的眼里看到了某种神情，这种神情只有在她看着帕琪的时候才会出现。我觉得那个爱尔兰女孩最后还是会得到珍姑妈的财产。"

"没有的事，"贝丝毫不在意地说，"帕琪说过她不会接受一分钱的财产的，我能肯定她会信守自己的诺言。"

第十七章　珍姨的女继承人

第十七章 珍姨的女继承人

在跟帕琪见面之后的第二天早上,珍姨告诉她的律师:"塞拉斯,我已经想好遗嘱的内容了。"

沃森先生愣了一下,他原本以为这份遗嘱永远也不会有尘埃落定的那一天,没想到这位梅里克小姐的决定来得这么突然,这让向来喜怒不形于色的老律师都吓了一跳。

"好的,珍。"他定了定神,简短地回答道。

珍姨提前叫菲布斯走开了,现在他们两个单独留在珍的晨间起居室里。

"塞拉斯,我的身体变得越来越差,那种麻痹的感觉离我的心脏也越来越近。"珍·梅里克镇静地说,"这些日子以来,我一直把上天留给我的宽限日期视同儿戏,这真的很愚蠢,不过现在我已经想好了怎样处置自己的财产。"

"真的吗?"律师虽然心存疑虑,但还是从口袋里拿出了纸和铅笔。

"我要给我的侄女露易丝留下五千美元。"

"好的,珍。"律师在纸上匆匆记下了这句话。

"给贝丝的也是五千美元。"

律师看起来很失望,他用铅笔轻轻敲打着自己的牙齿。不过在想了一会儿之后,他还是把这个数字写了下来。

"给我的哥哥,约翰·梅里克,也同样留下五千美元。"珍接着往下说。

"给你的哥哥?"

"没错,这笔钱足以保障他在有生之年衣食无忧,他看起来生活得非常简单,而且他已经上了年纪。"

律师把这个要求也写了下来。

"我剩下的所有财产,不管是动产还是不动产,全部留给我的外甥女,帕特丽夏·道尔。"

"珍!!"

"你听清楚了吗?"

"是的。"

"那就照办吧,塞拉斯·沃森。"

律师靠在椅背上,皱着眉头看着他的这位老朋友。

"我不仅仅是你的律师,珍,我还是你的朋友和顾问。你明白这份遗嘱意味着什么吗?"他温和地问道。

"意味着帕特丽夏会继承埃尔姆赫斯特——还有附加的一大笔财产。为什么不呢,塞拉斯?我从一开始见到这个孩子的时候就喜欢她,她坦率、开朗、勇敢,而且将来一定会大有作为。"

"她太年轻,而且一点人情世故都不懂,"律师提醒珍·梅里克,"在你所有的后辈中间,只有她不会对你的慷慨大方心存感激。"

"在这个女孩成年之前,你就是我的执行人,有权帮我管理这笔财产。出于我对你这位老朋友的欣赏和感激,你可以把这一条写下来,我可以按上手指印好让你安心。"

律师叹了一口气。

"但是那个男孩呢,珍?你好像完全把他给忘记了。"

"那个该死的臭小子!我为他做的已经够多了。"

"不管肯尼斯是不是顽劣不堪,汤姆都会希望你能给他留下点什么东西的,你说对吗?"

珍火冒三丈地瞪着老律师。

她严厉地质问沃森先生："这么多年过去了，你怎么知道汤姆到底想要怎么做？我又怎么会知道？这笔钱是我的，这个男孩跟我一点关系都没有，让他自谋生路吧。"

律师继续耐心地劝他的老朋友："这可是很大一笔钱呐，珍。我们的投资一直都有不错的回报，而且你只花掉了这笔收入里面很小的一部分。分出五万美元给肯尼斯并不会给帕特丽夏造成任何影响，事实上，她根本就不会在乎这笔钱。"

"你提醒了我一件事，塞拉斯，"庄园女主人友好地看着他说，"把这一条记下来，我要给塞拉斯·沃森留下两万美元，他对我的投资收益从来都不心怀杂念，而且在财产管理上帮了我很大的忙。"

"谢谢你，珍。"

律师平静地写下这个数目，好像这件事与他无关一样。

"呃，那个男孩呢？"他不死心地继续追问。

珍姨疲倦地叹了口气，把头靠在了枕头上。

"给他两千美元吧。"

"至少留一万美元给他吧，珍。"

"我会给他五千，不可能再多一分钱了。现在你走吧，马上把文件准备好。如果可以的话，我想今天就签字。"

律师严肃地鞠了个躬，然后离开了房间。

傍晚的时候，律师又过来了，还从村里请来了一位公证人。伊莱尔医生正好过来看望帕特丽夏，也被请到了珍·梅里克的房间。在仔细地把遗嘱读给他们听了之后，这位埃尔姆赫斯特的女主人在文件上签上了自己的名字。公证人和医生都郑重其事地见证了整个过程，然后才起身离开。

"好了，塞拉斯，"老妇人长吁了一口气，"现在我可以安心地死去了。"

出人意料的是，签署这份遗嘱不但不意味着珍·梅里克生命的终结，反而更像是她身体好转的开始。第二天早上她醒过来时，比往常都要显得更加容光焕发。在睡了一个好觉之后，她终于摆脱了几个星期以来盘旋不去的担忧和焦虑，好像又回到了瘫痪之前的那种状态，连待在阳光灿烂的花园里都让她感受到了前所未有的愉悦。贝丝把帕特丽夏的轮椅也推到了这里，然后就转身离开了，把这两个轮椅上的病人都留在了花园里。

帕琪和她的姨妈有段时间一直聊得很开心，但是珍姨对道尔少校做了一个不怎么中听的评价，一下子就激起了帕琪的怒火。于是，她开始用爱尔兰人那种直截了当的方式不停地大声斥责她的姨妈，那些冒失的话把闻声赶来站在一旁的菲布斯吓得目瞪口呆。沃森先生刚好在这个时候过来探望他的老朋友，听到那些话后也惊愕不已。

他意味深长地朝轮椅上的老梅里克小姐看了一眼，而她则用坚定的语气跟他说了几句话。

"帕特丽夏是对的，塞拉斯，她说的那些话我应该全盘接受。如果这个女孩子能够喜欢我，并且像维护她的父亲一样这么热忱地来维护我的话，我会感到非常自豪的，真的是这样。"

帕特丽夏立刻冷静下来，脸上挂着阳光灿烂的微笑看着珍姨妈。

"原谅我吧！"她恳切地说，"我知道你不是有意要那么说的，我刚才那样对你说话是我的错。"

于是马上又是一派和谐的景象,沃森先生越来越因为老朋友反常的个性而感到困惑。以前,任何对抗她的行为都会让她勃然大怒,并且升起浓浓的敌意,但现在看来,她在被帕琪猛烈指责之后仍然显得很开心,并且立刻就原谅了女孩冲动的做法,一点都没有放在心上。

帕琪因为自己的行为而感到有些难为情。她暗暗下定了决心,再也不要轻易被她的姨妈给激怒了。在接下来的一个钟头里,这个女孩表现得既阳光又欢快,珍姨的脸上始终都挂着微笑,还有一次被她外甥女灵机一动的一句话逗得大笑了起来。

从这一天开始,在珍姨的小花园跟她一起共度早晨的时光变成了帕琪每天的一项固定日程。虽然有时候她们还是会发生冲突,并且就像菲布斯向贝丝所描述的那样——"吵得非常吓人",但在她们两个的心里,都非常享受在一起的这段时间。

那两个女孩在帕琪陪着珍姨的这些日子里变得相当不安,甚至连菲布斯那些关于争吵的汇报都不能让她们完全放心。露易丝在她的姑妈面前表现出加倍的热情和体贴,想要抵消掉帕琪在珍姨心里超越了自己的影响力。

露易丝这时已经成了庄园里管理日常事务的主力,大家都看得出来,珍姨非常依赖这个年纪最大,也最有能力的侄女。

贝丝尽管有一些朋友为她说好话,但跟另外两个比起来,她在珍姨的心里几乎没有多少地位。慢慢地,她开始有些心灰意冷了。

"我竭尽了全力,"她写信跟她的妈妈说,"但是我既不像露易丝那么聪明，也不像帕特丽夏那样讨人喜欢，珍姨妈很少能注意到我。我一直认为她是一个可怕的老女人，所以没有办法装出喜欢她的样子，这可能就是我失败的最大原因。不过我最好还是继续留在这里，看看事情会不会有什么转机。"

又过了两个多星期之后，帕特丽夏不用再继续坐在轮椅上了。她可以用拐杖支撑起自己的身体，一瘸一拐地到处跑，就跟其他人用两条腿走路一样灵活。从这时候开始，她更多的时间都跟自己的表姐妹待在一块，跟姨妈在一起的时间少了一些。她已经喜欢上这两个照顾过她的女孩子了，而且跟珍姨这样残疾的老妇人相比，她无疑更愿意跟这两个年龄差不多的女孩子一起玩。

肯尼斯现在也成了帕琪忠实的伙伴。这个男孩不再像以前那样腼腆害羞，甚至连跟贝丝和露易丝待在一起都能够很轻松自如了。这四个年轻人经常一起到乡间远足或是野餐，肯尼斯和帕琪也成为了最特别的密友。另外两个女孩虽然偶尔会开一些善意的小玩笑，但心里非常尊重他们两个之间真挚的友情。

男孩的那些老熟人几乎都不认识他了。他那时常突如其来就会发作的阴郁冷漠和狂躁不安消失得无影无踪，也不再总是表现出一副粗鲁无礼的模样。虽然有时候他还是会显得有些笨拙，而且既没有什么学识，也缺乏社会交际的技巧，但他已经在努力地改变自己了，甚至有一次他还告诉了约翰老伯，说他想成为一个"跟别人一样好的人"。

尽管一直没有什么老师来教他，肯尼斯还是慢慢地对色彩有了一定的体会，并且还画了一两幅不错的水彩画作。帕琪看了这些画后,评价说"非常好看",她的话让这个男孩高兴得满面红光,更加努力地刻苦练习。

有一天,帕琪突然告诉珍姨:"我已经邀请了肯尼斯,让他今晚跟我们一起吃晚饭。"

她的姨妈立刻勃然大怒。

"谁给了你这样的权力?"她厉声质问。

"没有人给我,我就只好自己去拿了。"帕琪俏皮地说。

"他不能来,"珍姨的脸色阴冷,"我不会跟你争论的,小姐,这是我自己的家务事。菲布斯,叫露易丝过来!"

帕琪的脸一下子就黑了。不一会儿,露易丝走了过来。

珍姨吩咐露易丝说:"告诉那些佣人们,不许那个男孩走进我的餐厅。"

"那么,露易丝,"帕琪接话说,"你还要告诉他们不要布置我的餐盘,并且通知奥斯卡在五点钟之前备好马车,我要回家去。"

露易丝犹豫了,她看看这个,又看看那个,不知道该怎么办才好。珍姨和帕琪就像两个蛇身女妖一样,全都死死地盯着对方。

这样的场面太滑稽了,露易丝忍不住哈哈大笑。一会儿之后,帕琪也笑了起来,紧接着珍姨的脸上也泛起了笑意。

"露易丝,你别管了,"珍姨心情翻转地说,"我们两个会自己商量好的。"

"你要怎么商量?"帕琪问她。

"帮肯尼斯加上一个盘子,就一顿晚饭的时间,我想自己应该还是能够忍受的。"

　　事情就这样按照帕特丽夏满意的方式得到了解决,男孩过来吃晚餐了。他一开始紧张得有些发抖,但在三个女孩子的鼓励之下,很快就变得自然起来。他的言谈举止还算得体,显得既温和又谦虚。珍姨惊讶地看着他,破天荒地跟他聊了一两句。

　　帕琪高兴得神采飞扬,因为珍姨第二天有意无意地提到她并不反对那个男孩过来吃晚饭。

　　约翰老伯和沃森先生对这个结果感到非常欣慰,他们都向帕琪祝贺她赢得了非同寻常的胜利。没有人再提起帕琪要离开埃尔姆赫斯特的事情,少校也写信过来说,他跟上校在一起过得特别愉快,恳求帕琪延长他的假期。帕琪当然很乐意接受他的请求,由于自己的腿伤,她也暂时还不能够回到博尔恩夫人那里开始工作。

　　时间在快乐惬意之中慢慢流逝,八月在四个年轻人的欢乐时光中来临,珍姨奇迹般地恢复了一些健康,约翰老伯则心满意足地对着自己碰到的每一个人咧开嘴微笑。

第十八章　帕特丽夏吐露心声

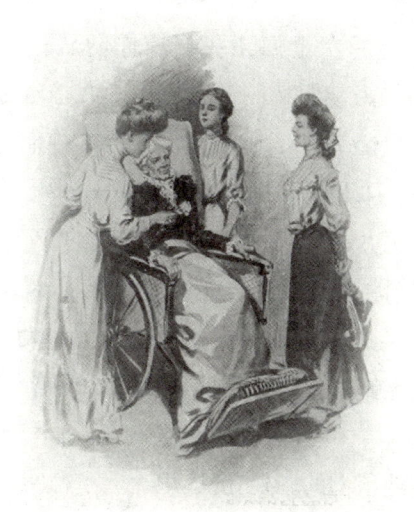

沃森先生告诉珍，她现在的做法对贝丝和露易丝很不公平，因为她让这两个女孩觉得自己还有继承埃尔姆赫斯特的希望，于是珍决定把自己的财产分配决定告诉她的侄女和外甥女。

有天早上她派人把她们全都叫到了自己的房间。三个女孩走进来时，发现约翰老伯和沃森律师也在这里，房间里的气氛显得很凝重。约翰老伯跟这几个女孩一样，对于为什么会被叫到这里来一无所知。

帕琪拄着拐杖一跳一跳地走在最后，坐在房间靠后面的位置。

珍先是意味深长地把所有人都认真打量了一遍，然后开口打破了寂静。她的表情很严肃，但说话的语气比平时多了几分温和。

"各位年轻的女士们，我相信你们从一开始就知道我邀请你们来埃尔姆赫斯特的最大原因。我已经老了，而且很快就会离开人世。为了不让在自己死后，你们还有你们的父母——也就是法律上规定的合法继承人——因为争夺我的财产而争论不休，我决定签订一份遗嘱，把我的财产留给一位能够很好地照管它们，并且以名誉守住它们的人。"

听到这番话，露易丝和贝丝的心因为激动和兴奋拼命地跳个不停，就连帕琪看起来都是兴致盎然的样子。约翰老伯坐在远一点的地方，带着愉快的笑容看着她们。律师静静地坐着，眼睛盯着地毯上的一处花纹。

"在做决定的过程中，"珍姨平静地接着说，"我并没有依靠自己的智慧或是洞察力,只是简单地根据一些奇思妙想,选择了一位最合心意的继承人。谁都不能指责我的做法不公,因为你们当中没有任何一个人有资格对我抱有某种期待。不过我还是要告诉你们,跟你们这些女孩儿在一起让我觉得非常愉快,你们让我衰老的心变得快活起来,并且让我过得不那么孤独和无聊。"

"说得不错,珍。"约翰老伯赞许地点着头。

珍姨没有理会,她停顿了一下又继续往下说。

"几天前我要沃森先生拟出了我的遗嘱,并且准备了正式文件签好了字,现在,这就是我最后的意愿和最终的遗嘱,露易丝,我留给你五千美元的财产。"

露易丝神经质地笑了起来,夸张地摊开了双手。

"万分感谢您,我亲爱的姑妈。"她的声音有些发飘。

"至于你,贝丝,"珍姨接着说,"我留给你同等数目的财产。"

贝丝的心沉了下去,不管她多么努力地克制自己,泪水还是盈满了眼眶。

珍姨把头转向她的哥哥。

"我还给你留了一笔钱,约翰,金额是五千美元。"

"我?!"他震惊地喊了一声,"哎呀,这个,珍,我不⋯⋯"

"安静!"珍姨厉声说道,"我既不想听到感激的话,也不希望被你拒绝。如果你不乱花的话,约翰,这笔钱可以让你安稳地度过余生。"

约翰老伯笑了起来,他坐在椅子上前俯后仰,晃动着自己矮矮胖胖的身体,好像听到了世界上最逗的笑话一样。珍姨瞪大了双眼,露易丝和贝丝也惊讶地盯着他看,只有帕琪用清亮的笑声盖过了约翰老伯急促的咯咯的笑声。

"亲爱的舅舅,"她调皮地说,"我希望你能够去买一个新的领结。"

约翰老伯用捉摸不透的眼神看着帕琪,擦去了眼睛里笑出来的眼泪。

"谢谢你,珍,"这个矮个子男人对他的妹妹说,"这是很大一笔钱,我为自己能够拥有它而感到自豪。"

"你刚才为什么发笑?"珍质问他。

"我突然想到我们的老父亲有一次说过,我这一辈子都不可能赚到一个美元。珍,如果他知道只要我能比你活得久一些,我就可以得到五千美元的话,真不知道他会说些什么。"

珍小姐带着一种轻蔑的神情把头转开了。

"除了这些之外,"她说,"我还给那个男孩留了五千美元,给沃森先生留了两万美元,剩下的所有财产我全都留给帕特丽夏。"

房子里的空气好像突然凝住了。过了一会儿,帕特丽夏开口说话了,声音既清晰又响亮。

"您最好重新立一份遗嘱,姨妈,我不会要你一分钱的。"

"为什么?"老妇人显得有些凶巴巴的。

"我来这里后你一直对我很好,而且我知道你这么做也是出于好心,所以我最好还是不要说出自己拒绝的理由了。"

"我一定得知道！"

"哎呀，姨妈，如果我不说出来的话，你就不能理解我吗？"

"不能。"她姨妈虽然这么说，苍白的面颊上却突然升起了一丝红晕。

帕琪站起身，一瘸一拐地走到珍·梅里克的面前，倚在自己的拐杖上。她的双眼因为愤怒而异常明亮，素净的小脸突然变得煞白，脸上每一颗小雀斑都能看得清清楚楚。

"以前，许多年以前，"她用低沉的嗓音说，"在你很富有的时候，你的妹妹维奥莱特，也就是我的妈妈，非常贫穷。她的身体很糟糕，还不得不照顾我。有一段时间，我的爸爸突然发起了高烧，病得很严重。我妈妈和我一样，自尊心很强，如果是为了她自己的话，她绝对不会跟任何人借一分钱，但是为了我，她向她富有的姐姐开了口，好借到一点点钱度过那段最难熬的时光。你那时做了什么呢，珍·梅里克？你那时住在一处漂亮的大宅子里，手上有花不完的闲钱，却狠狠地羞辱了自己可怜的妹妹，说她的家人是一屋子的乞丐，他们中没有一个人能够从你手里骗走一分钱！"

"这是事实，"老妇人倔强地反驳道，"他们就像一群饿狼似的追在我后面——每一个梅里克家的人都是这样，如果我放任他们随心所欲地来榨取我的财产的话，他们会毁掉我的一切的。"

"如果你刚才说的这些人包括我妈妈的话，那就是一派胡言。"帕琪努力平静下来说，"那一次之后，她再也没有找过你，只是拼了命地干活挣钱。没过多久她就累死了，我也被丢给一些陌生人轮流看管，直到后来我爸爸的身体好了一些，能够赚钱养活我了，我才回到了家里。"

她停了下来，房子里又陷入了死一般的寂静。

"对不起，孩子，"过了很久，珍用颤抖的声音说，"我错了，现在我才明白事情的真相，我很抱歉当时我拒绝了维奥莱特的请求。"

"我可以原谅你，"帕琪充满感情地说，"我通通都可以原谅你，珍姨妈。因为你自己的私心，你割断了跟家人的一切联系，这么多年来，一直都过着这么孤独冷漠的生活，所以你用不着再带着我对你的怨恨去往天堂。但是珍姨妈，"她的语气又变得生硬了，"我绝对不会要你一分钱的，也绝对不会背叛我死去的妈妈。感谢老天爷，我的爸爸和我现在即使不依靠任何人也能过得很好。"

约翰老伯走到帕琪身边，张开手臂紧紧地把她抱在自己的胸前，然后他松开了手，大阔步沉默地走出了房间。

"你走吧，"珍姨声音沙哑地对帕琪说，"我需要点时间想一想。"

帕特丽夏瘸着腿走上前，用一只手轻轻抚过珍姨灰白色的头发，然后弯下腰，亲了亲珍姨满是皱纹的脸颊。

"这是对的，"她悄声说道，"好好想一想，亲爱的姨妈。过去的事情就过去了，我很抱歉刚才不得不说出那些话来伤害你。但是——我一分钱都不要，姨妈——记住，我不会要你一分钱。"

然后她也离开了房间。露易丝和贝丝跟在后面走了出去，她们两个都想独自待上一阵子，好跟自己内心那种苦涩的失落感作斗争。

露易丝很快接受了这个事实，她写给她妈妈的信可以证明这一点。

"毕竟，事情还不算特别糟糕，亲爱的妈妈。就算在最坏的情况下，我还是能得到五千美元，它可以在我们实施原定的计划时帮上大忙。我还非常肯定帕琪会劝说珍姑妈改变她的遗嘱，那样的话，这笔遗产要么会分给我和贝丝两个人，要么会全部留给我。不管怎样，我要继续留在这里，在比赛还没有完全结束之前打出自己最好的王牌。"

第十九章　口是心非

珍整晚都没法入睡，在宣读完自己的遗嘱之后，她就料到了这一点。

上午，她很早就派人去叫帕特丽夏，女孩几乎被她姨妈外表上的变化给吓到了。轮椅上的老人形容枯槁，面色晦暗，呼吸声很重，靠在垫子上没有任何活力和精神，甚至连那双灰眼睛都失去了平时犀利敏锐的神采。

珍姨先开了口，"我想让你重新考虑昨天的决定，帕特丽夏。"

"不要让我那么做，姨妈，"女孩坚定地回答，"我的心意已定。"

"我知道我犯过不少错，"老人虚弱地说，"但到了最后，我想做一件正确的事情。"

"那么姨妈，你告诉我，为什么要把自己的财产留给我呢？"

"因为你的本性跟我很像，孩子。而且我欣赏你乐观的态度和不依赖任何人的做法。"

帕琪想了想说："我的表姐妹比我更有资格得到你的财产。露易丝很亲切，与人为善，而且比我更加爱你。贝丝是我认识的女孩当中最理智，最脚踏实地的一个。"

"也许吧，"珍姨不耐烦地回答，"但我已经给她们每个人都留了一笔钱了。帕特丽夏，你是我想选择的唯一人选。我昨天就告诉过你们，我不会努力做到公平，只打算根据我个人的心愿来处置自己的财产，没有人可以阻拦我。"她说最后一句话的时候，以前那种凌厉的气势似乎又回来了一些。

"但这是非常错误的,姨妈,如果你想要我来当继承人的话,你会很失望的。刚才你说想在最后做一件正确的事,你难道不知道那件事是什么吗?"

"也许你会告诉我吧。"珍姨似乎很感兴趣。

"我很乐意这么做。布拉德利先生把全部财产留给了你,是因为他爱你,而且这份爱蒙蔽了他所有的理智。像这样的家族庄园不应该只因为恋人一个异想天开的念头,就在外人的手里一代代地传下去。布拉德利先生应该首先考虑自己的血脉至亲。"

"他没有其他亲人,只有一个妹妹,而且那个时候她还没有结婚,也没有子女。"珍姨心平气和地解释,"他并没有忘记这个妹妹,而是要求我好好照顾凯瑟琳·布拉德利,在她或是她的后代需要的时候帮助他们。我已经这么做了,在那个男孩的妈妈死了之后,我把他带到了这里,从那时起,他就一直在这里生活。"

"但是这笔财产应该是他的才对。"帕特丽夏耐心地劝道,"如果你能重新立一份遗嘱把遗产留给肯尼斯的话,我会喜出望外的,这也会成为你最后做的一件正确的事。"

"我绝对不会这么做!"珍姨气愤地嚷道。

女孩继续劝她:"这样做对于过世的布拉德利先生来说,也是一种体贴和安慰。你打算给肯尼斯留些什么呢?"

"我已经给他留了五千美元。"

"这笔钱甚至连接受正规教育的学费都不够。"帕琪摇了摇头,"唉,如果有好老师的话,这个男孩很可能会成为一个有名的艺术家呢。像他这样一个有艺术天赋的人,就应该拥有足够多的钱,可以让他一心一意地追求他的艺术。"

珍姨还是无动于衷:"这个男孩跟我一点关系都没有。"

"那至少他应该拥有埃尔姆赫斯特吧,"女孩恳求她的姨妈,"你会把这个庄园留给他吗,珍姨妈?"

"不会。"

"那就随你高兴好了。按理来说,这个地方本来就不应该属于你。就算我快饿死的话,我也不会接受你的一分钱的。"

"你就没有考虑过自己的老父亲吗?"珍姨狡猾地打出了亲情牌。

"哦,我已经这么做了。我想过,要是我有钱的话,可以给亲爱的少校买多少东西,让他过得有多么舒适,而且我还可以去一个女子大学接受正规的教育,像是史密斯或是卫斯理学院什么的。但我不会用你的钱这么做,珍姨妈,你的钱会让我的良心感到不安,因为我总是会想,如果当初你不是那么冷酷无情,自私小气的话,你的钱就可以救回我妈妈的命。不!我讨厌你的钱,如果你不愿意把它们留给那个男孩的话,你就自己留着吧,或者拿去喂狗也行,但是千万别把你那些守财奴的藏货在遗嘱里留给我。"

"我们换个话题吧,帕特丽夏。"

"你会改变自己的遗嘱吗?"

"不会。"

"那我就跟你无话可说了。我现在很生气,如果继续待在这里的话,我会说一些非常难听的话的。"

帕琪的双颊像是着了火一样,头也不回地走出了房间。

珍姨用钦佩的眼神看着她的背影。

"真是好样的，"她轻声自言自语，"换作是我的话，我也会这么做的！"

接下来的两个星期里，类似这样的会面场景一再出现。老妇人坚持要派人把帕特丽夏喊来，然后两个人绕着同样的话题不停地吵来吵去。女孩总是请求她姨妈让肯尼斯来当继承人，坚定地声称自己绝不会接受一分钱，也不会接受埃尔姆赫斯特。珍姨则总是固执地拒绝将那个男孩考虑在内，并且向这个女孩描述有钱以后可以过怎样奢侈舒适的生活，努力劝诱女孩接受她的财产。

这种充满火药味的会面一般不会持续很长时间，所以帕琪可以经常跟露易丝和贝丝待在一起，那两个女孩打从心底喜欢上了她。

她们完全相信，帕特丽夏说的不会接受一分钱遗产的话是真的，而且都同样因为这个女孩毫不动摇的态度而欣喜不已。既然帕琪坚持退出，那这笔财产很有可能会平分给她们两个，或是全部留给她们中间的某一人，这种期望持续不断地鼓舞着她们的士气。

帕特丽夏从来没有告诉过她们，她一直都在努力为那个男孩争取权利，这只会伤害她们表姐妹之间的感情，并且让她们觉得自己是在侵犯她们的利益。跟珍姨妈在一起时，帕琪总是会抓住一切机会夸奖肯尼斯，而且最后她的努力好像起到了成效。

珍姨在与外甥女持续不断地争吵中已经疲惫不堪了，她的健康再一次开始恶化，而且身体很快变得越来越糟糕。她决定欺骗帕特丽夏，好在生命剩下的日子里过得平静一些。

有一次，她问沃森先生："假如我一直坚持现在的这份遗嘱，而且在我死后，这里变成了帕特丽夏的财产，她还能拒绝接受吗？"

"从法律的角度讲，她不能拒绝，"律师回答，"这里会算在她的名下，在她未成年时由我代为管理。不过等她长大后，她可以选择把这里转赠给别人。"

"到那个时候，她会比现在更理智一些的。"珍肯定地说，"而且在真正拥有了财富之后，任何人都不可能把它轻易舍弃。我还是坚持自己的想法，塞拉斯，但我会尽力让帕特丽夏相信她已经说服了我。"

于是就在女孩再一次恳求她把肯尼斯当作继承人的时候，珍姨装出一种迫不得已的语气说道："好吧，帕特丽夏，我可以满足你的愿望，毕竟我唯一希望的就是能够让你开心。如果你真的期望肯尼斯成为埃尔姆赫斯特的主人，我会为了他重新立一份遗嘱的。"

帕特丽夏简直不敢相信自己的耳朵。

"你是认真的吗，姨妈？"她高兴得满脸泛着红光。

"我说到就会做到，现在我们两个别再吵来吵去了好吗？亲爱的，我想平静快乐地度过生命里最后的时光。"

帕特丽夏热切地对她的姨妈表达着自己的感激之情，为了她的这个决定而开心不已。

沃森先生碰巧在这个时候走进房间，女孩看到他之后更加激动了。

"告诉他，姨妈！让他立刻去准备文件吧。"

"这件事没必要这么着急。"珍姨迎着律师询问的目光，表情有些尴尬。

塞拉斯·沃森是个诚实正直的人，托马斯·布拉德利还活着时，这位律师曾经向他承诺过自己会忠实地为珍·梅里克服务。这些年来，他一直信守着自己的诺言，默默地容忍珍暴躁的脾气和喜怒无常的性情。珍最近问他的一些话已经让他准备好了配合她去说一些言不由衷的话，只是他一时间还是无法理解这里到底发生了什么事。

珍告诉老律师说："我已经答应了帕特丽夏，说你会重新为我拟一份遗嘱，把我剩下的所有财产都留给肯尼斯·福布斯。"

律师惊愕地盯着她，然后脸色阴沉了下来，他觉得这个玩笑开得也太过火了一些。

"告诉他现在就用纸写下来，姨妈！"帕特丽夏不停地催促，眼睛闪闪发亮。

"塞拉斯，你尽快着手做这件事吧。"老妇人吩咐律师。

"还有，姨妈，你能不能再多留给露易丝和贝丝一些钱呢？那会让她们很开心的。"

"那就把我开始答应给她们的钱都翻一倍吧。"

"这份遗嘱今晚就能准备好签字吗？"帕琪兴奋地问道。

"我会尽力去做，亲爱的。"老律师表情严肃地回答，然后转头看着珍·梅里克问，"你是认真的吗？"

帕琪的心一下子悬在了半空中。

"是的，"她姨妈回答道，"我已经厌烦了跟这个孩子对着干，在我死了之后，我还用得着在乎这笔钱会落到谁的手里吗？我现在唯一希望的就是剩下的时间能过得安宁一点。"

女孩跳着跑上前，兴高采烈地亲了一下珍姨。

"会的，姨妈！"她大声喊，"我向你保证。"

第二十章 在花园里

从那一次见面之后，帕琪开始不知疲倦地陪着自己的姨妈，努力让她的日子过得既开心又舒畅。不过有一件事让她不怎么放心，那份沃森律师准备好了的遗嘱到现在还没有签字，也没有公证。珍姨给她看过那份遗嘱，说希望她知道自己的姨妈信守了诺言，帕琪从那份文件里也没有发现任何的疑点。不过珍姨说她太累了，所以那天晚上就没有签字。第二天因为找不到合适的公证人，签字的事再一次延期。接下来，这样的理由一个接着一个，直到帕特丽夏起了疑心。

珍姨注意到了这一点，于是决定让自己的欺骗计划更完美一些。她当着帕琪的面在遗嘱上签了字，并且让奥斯卡和苏珊见证了自己签字的全过程。但是帕琪一离开房间，珍姨就撕下了那些签名，把它们全都给烧掉了，还在文件上用大写字母醒目地写上了"无效"两个字。这样一来，这份遗嘱就成了废纸。珍姨把它放在一个很大的黄色信封里，封好了口，当天晚上就把它交给了沃森先生，要求在她死后才能打开。

帕特丽夏悄悄告诉律师这份新遗嘱已经签好字了，律师非常高兴，把那个信封小心翼翼地保管起来。女孩还跟贝丝和露易丝也说了新遗嘱的事，说她们两个会得到更多的财产。因为她没有告诉她们谁才是真正的继承人，那两个女孩便更加笃信她们可以平分那一大笔财产。

快乐和谐的气氛开始在埃尔姆赫斯特弥漫开来。所有人都钦佩帕琪，赞赏她用行动证明了自己的无私与真诚。

一天早上，珍又让菲布斯把她推到自己的小花园里，然后忙着去查看花圃里种植的那些植物。

"詹姆斯近来对工作一点都不上心。"她不满地抱怨。

"他最近的情况非常糟糕，小姐。"老玛莎回答说，"那些年轻女孩和约翰老爷来到埃尔姆赫斯特之后，他只要看见他们中间的任何一个，就会赶紧跑开躲起来。"

"可怜的詹姆斯！"珍姨一直都清楚她这个园丁的老毛病，"但他不能不管我的这些花呀，它们都会枯死的。"

菲布斯想了一下又告诉她的女主人："不过詹姆斯好像不是特别怕约翰老爷。有时候约翰老爷会找詹姆斯说话，我注意到詹姆斯会很用心地听他说——就像他总是会认真地听您说话一样，珍小姐。"

"你去找詹姆斯，要他到这里来，"女主人命令她的贴身女仆，"然后守住这里的入口，不要让那些女孩子到这里来吓到他。"

菲布斯顺从地离开了，她在花园尽头的工具房那里碰到了詹姆斯，把女主人的口信带给了他。园丁趁没人的时候很快穿过花园，走到了珍小姐轮椅停放的地方。珍小姐正靠在软垫上，眼睛睁得大大地盯着树篱的开口处。

"我来了，小姐。"园丁跟她打招呼，但她没有回应。詹姆斯仔细看了看珍小姐的脸，一道阳光从树篱间透了进来，斜斜地照在珍·梅里克的眼睛那里，但她连眼都不眨一下。

詹姆斯发出一声响彻云霄的尖叫，接着像疯子那样乱喊着，从树篱间迅速跑了出去。他把老玛莎撞得转了好几个圈，摔在了玫瑰花丛里，然后继续拼命往前跑，好像后面有一千个怪兽在紧追不舍一样。

约翰·梅里克和沃森先生都在不远的地方，他们被恐怖的叫喊声惊动了,于是赶快往珍姨的小花园里跑,一眼就看出来发生了什么事。

"可怜的珍,"约翰弯下腰去,温柔地用手合上了那圆睁的双眼,"她不知不觉就走到了生命的尽头。"

"这样更好,"律师轻声说道,"她在最后的时刻终于得到了安宁。"

他们两个一起把轮椅推回珍的房间,然后叫那些女佣过来为她们死去的主人梳头擦洗。

第二十一章　宣读遗嘱

珍姨的葬礼简单而安静。这位老人一直以来都把自己与世隔绝在那幢"大房子里",拒绝跟任何邻居以任何方式沟通和交流。她连一个朋友都没有,尽管她的死引发了很多人饶有兴致的讨论,却没有人想要出席她的葬礼。

那位从艾尔姆伍德赶来的牧师没法对这位老妇人的一生做出任何评价,所以只能在葬礼上泛泛地说了一些简短的套话。接下来,珍姨的遗体就被运往大约两里路之外的一个小墓地,后面跟着的马车里面坐着她的一个侄女、两个外甥女,还有男孩肯尼斯。塞拉斯·沃森和约翰坐在马车前辕,由沃森先生驾着车。再后面是埃尔姆赫斯特的轻便马车,里面坐着庄园里的仆佣。詹姆斯没有在这些人里面。自从在花园里看到那可怕的一幕之后,他就再也没有在房子里露过面。在工具房那边他有一个小房间,这段时间从早到晚他都把自己锁在房间里面,只在苏珊送食物过来之后才偷偷走出来露个面。

没有人过多地关注詹姆斯,因为埃尔姆赫斯特的所有人都因为葬礼的事承受了很大的压力。

女孩们也流了一些眼泪,不过更多地是因为受到了葬礼上压抑凝重气氛的影响,而不是说她们对自己的姨妈或是姑妈有多少依依难舍的感情。帕琪努力想为珍姨说些好话,但没有起到什么作用。

"我能肯定她有一颗善良的心,"帕琪跟露易丝和贝丝说,"如果她能跟自己的家人相处更长的时间,并且结交一些朋友的话,她一定不会这么冷酷和自私。而且到了后来,她还是非常和蔼亲切的。"

"我可没有注意到她有什么变化。"贝丝颇有些不以为然。

"哦，我注意到了。她还拟了一份新遗嘱，努力想让自己对每一个人都公平一些。"

露易丝急切地问她的表妹："快告诉我们，帕琪，新遗嘱上都写着些什么？"

"葬礼之后沃森先生就会宣读的，到时候你们就会知道得跟我一样多了。我不能把秘密提前说出来的，好姐姐。"

露易丝和贝丝在紧张与兴奋之中等待着最后时刻的来临，在坐马车去墓地的时候，四个年轻人都没怎么说话。珍姨的死触动了肯尼斯多愁善感的本性，毕竟这个老妇人在他过去的十几年里占据了很重要的一部分，所以一路上他都脸色阴沉，一言不发。再加上沃森律师有一次还警告过他，珍·梅里克的死可能会让他变得无家可归，所以与此同时，他还因为自己的处境而感到惶惶不安。

帕琪坚信肯尼斯马上就能知道自己的好运了，所以她时不时地面带微笑看着这个男孩。

"你知道的，肯，"她安慰他说，"不管发生什么情况，我们一直都会是朋友。"

"当然了。"男孩回答得很简单。

墓地里的仪式很快就结束了，所有人随即返回了埃尔姆赫斯特，正式的午宴已经准备就绪。

沃森先生拿着一个铁盒走进了会客厅，他要求在场的每个人都坐了下来，然后通知他们说：

"为了消除大家对于梅里克小姐最终遗嘱的各种疑问，我现在要当众宣读这份文件，之后这份遗嘱会正式依据法律进行查验。"

房间里顿时变得一片死寂。

律师镇静地打开铁盒上的锁,拿出那个封好了的黄色信封。帕琪的心因为热切的期待而加速了跳动,她看着那个律师撕开封口,抽出那份文件,然后变得满脸通红,怒不可遏。在犹豫了一会儿之后,律师把那份没用的文件又塞进了信封,把它丢到了一边。

"有什么问题吗?"女孩低声问他,但房间里的每个人都清楚地听到了这句话。

沃森先生又惊又怒,他已经对这位古怪乖戾的朋友容忍了很多,但怎样都没有料到她居然会做这样一件荒唐可怕的事情。

他开口说话了,语气十分烦躁不安。

"梅里克小姐几天前把这个信封交给了我,让我相信里面装的就是她的最终遗嘱。这份文件是我根据她的指示拟定的,而且知道它被合乎程序地签上了名字,但是她自己竟然把签名撕下来给毁掉了,还在文件上标明了'无效',所以她之前签下的那份遗嘱才是唯一有效的。"

"你这话是什么意思?"帕琪惊愕地大声说,"肯尼斯还是不能继承埃尔姆赫斯特吗?"

"我?!我来继承?"男孩也惊叫一声。

帕琪愤怒的泪水在眼眶里打转:"她跟我就是这么保证的,我看着她签上了自己的名字,我亲眼看到的。如果她愚弄了我,还毁掉了签名,那她就是一个彻头彻尾的老骗子——我很高兴她死掉了。"

说完这些,她抽泣着扑到了沙发上。露易丝和贝丝突然知道帕琪一直在背后秘密地跟她们作对,都感到非常震惊,根本没有走过去安抚她的打算。

约翰老伯跟帕特丽夏一样感到愤愤不平,他走到帕琪身边,把一只手轻轻放到了她的头上。

"别放在心上,孩子,"他安慰女孩说,"珍的本性里一直就有这么残忍和阴险的一面,你已经尽了你最大的努力,帕琪,亲爱的,而且现在也木已成舟了。"

律师颤抖着手在盒子里摸索了一番,拿出了那份真正的遗嘱。

"请大家都安静下来。"他喊道。

帕琪坐得直直地盯着他。

"我不会要她一分钱的!"

"安静!"律师严厉地说,"我相信你们每一个人都已经听梅里克小姐说起过这份遗嘱里面的内容,但我有责任要当众宣读一次,从头到尾,现在就读。"

约翰听到自己得到的五千美元时笑了笑,贝丝听到自己的名字时皱紧了眉头。但露易丝却表现得很淡定,她回想起她们为了这笔遗产所经历的痛苦的争夺战,庆幸这样的斗争终于结束了。这五千美元还是会派上用场,如果她妈妈和她的计划进行得不错的话,也许她们可以用这里面的一部分钱到欧洲去旅旅游,散散心。

"跟我有关的那一部分,"帕琪轻蔑地说,"你还是把它从遗嘱中撕掉吧,我绝不会要这个可耻的老女人的钱。"

律师冷静地告诉帕琪:"法律上是不允许这么做的,我是这笔财产唯一的执行人,而且必须为了你的利益照管好它。等你成年之后,我会把它们全部交还给你。"

"我可以把它们送给别人吗?"

"当然了。在你成年之后,这笔财产就可以任你处置。在你拒绝接受她的遗产之后,我跟梅里克小姐提到了这一点。"

"她当时怎么说?"

"她说你那个时候会比现在更明智一些,应该会把这笔财产留下来。"

帕琪猛地把身体转向那个男孩的方向。

"肯尼斯,"她大声地说,"在这里所有人的见证之下,我诚心诚意地向你承诺,等到我成年之后,我就会马上把埃尔姆赫斯特和所有珍姨妈留给我的财产全部还给你。"

"真是了不起,帕琪!"约翰老伯赞叹地说。

男孩看起来非常困惑。

"我不想要这笔钱——真的,我不想!"他拼命摇头,"她留给我的那五千美元已经够用了。不过我倒是希望能继续住在埃尔姆赫斯特,直到这个地方被卖出去或是有其他的人住了进来。"

"它是你的,"帕琪底气十足地说,"你可以永远在这里住下去。"

沃森先生显得有些摸不着头脑。他郑重其事地朝帕琪鞠了个躬:"帕特丽夏小姐,这件事我会监督照办的。尽管我只是你法定的执行人,但我会尽可能地遵从你的心愿行事。"

"谢谢你,"帕琪想了一会儿又对律师说,"能不能像另外一份遗嘱里规定的那样,给露易丝和贝丝每人一万美元呢?"

"我会认真考虑这件事的,"律师回答,"也许可以办到。"

露易丝和贝丝听到帕琪的话后睁大了眼睛,一万美元确实是一笔很大的数目,看来帕特丽夏·道尔小姐已经成了真正的有钱人。还是应该好好跟她交朋友的,万一以后她还是执意放弃自己的财产,她们很有可能从中分得一部分。

她们正打算向帕琪抒发自己的感激之情,老唐纳德突然出现在了门口,向约翰老伯点头示意。

"您愿意去看一看詹姆斯吗,先生?"他问道,"那个可怜的家伙快要死了。"

第二十二章　詹姆斯讲了一个奇怪的故事

约翰老伯跟着那个马车夫爬上楼梯,走到工具房上面的小房间。那个园丁在被老马山姆狠狠地在胸口上踢了一脚之后,就艰难地爬进了这间小屋,再也没有出来。

"他死了吗?"约翰老伯问。

"没有,先生,但我觉得他伤得很重。一定是在我们举行葬礼的时候发生的事。"

唐纳德把房门打开,苏珊和奥斯卡守在门口,面色惊恐地看着房间里面,约翰·梅里克跟在唐纳德后面走了进去。

詹姆斯闭着眼睛躺在床上,胸口前的衬衣上浸满了鲜血。

"应该请医生来看一下。"约翰老伯告诉唐纳德。

"他马上会到,已经派了一个马童骑马去接他了。我想着要让您早一点知道这件事,先生。"

"一点没错,唐纳德。"

就在他们站在那里说话的时候,床上躺着的人动了一下,睁开了眼睛。他疑惑地看看这个,又看看那个,然后微笑起来。

"嗨,是唐纳德啊。"他跟马车夫打了个招呼。

"是的,老朋友,这是约翰先生。"

"约翰先生?约翰先生?我不怎么记得你了,先生。"詹姆斯轻轻晃了晃脑袋,"还有,唐纳德,小伙儿,这是怎么回事?你怎么变得这么老了啊。"

"岁月不饶人哪,詹姆斯,"马车夫回答说,"一年又一年,我们都变老了,迟早的事儿。"

园丁看上去很困惑,又更加仔细地打量了他的伙伴一番,然后重重地叹了一口气。

"那些梦都把我搞糊涂了,"他喃喃地说着,"有时候我分不清什么是梦,什么是现实。我生病了吗,唐纳德?"

"是的,我的朋友,你生病了。"

园丁闭上眼睛,又一言不发地躺在那里。

"你觉得他现在神智还正常吗?"约翰悄声问唐纳德。

"是的,先生,这么多年来他第一次这么正常。"

詹姆斯又睁开眼看着他们,慢慢抬起一只手擦去前额上的血迹。

"汤姆少爷,"他支支吾吾地问,"汤姆少爷死了,对吗?"

"是的,詹姆斯。"

"原来这件事是真的,不是在做梦啊。我记得所有的事——刺耳的汽笛声,巨大的撞击声,还有人们临死前的尖叫声。我告诉过你这些事情吗,唐纳德?"

"没有,老伙计。"

"我们还什么都不知道,一切就已经发生了。我坐在车厢这边,汤姆少爷坐在那边,我这一边翻在上面。等我清醒过来以后,发现汤姆少爷被一堆乱七八糟的东西压在底下,天知道我是怎么把他弄出来的。唐纳德,可怜的少爷有半边身子都被挤烂了,两条腿的骨头也压碎了。就在我抱着他走到草丛那里,把他放下来的时候,我就知道他活不久了。他也知道,是的,少爷也知道他快不行了,虽然他还这么年轻这么快活,而且马上就要娶……娶……我不记得那个名字了,伙计!"

他的声音低下去,只能听到一些低低的咕噜声,然后他又虚弱地闭上了眼睛。

约翰和唐纳德仍然静静地站在床边,心里想着可能死亡已经把这个可怜人给带走了。但是没有,詹姆斯又动弹了一下,然后睁开了眼睛,用更有力的声音继续讲了下去。

"当时很难给汤姆少爷找到他要的纸,"他说,"但他发誓说在他死之前一定要找到它。我一路跑到了车站站房,又跑了回来——可能跑了有两里多路——拿到了纸,钢笔还有墨水。那只是一张空白的电报纸——这是我唯一能找到的了,没有用的一张空白电报纸,我的老伙计。"

他的声音再一次低下去,变成了一些喃喃的胡话,约翰老伯和唐纳德对视了一眼,突然对詹姆斯的话产生了浓厚的兴趣。

"他还不能死!"约翰老伯急切地大喊。

马车夫俯身下去,把耳朵贴在詹姆斯的嘴巴上方,一字一顿地说:

"说吧,老伙计,我听着呢。"

"不错,"詹姆斯又有了一点精神,"然后我拿着那张纸,一名火车的制动员扶着汤姆少爷那可怜的身子,让他尽可能清楚地写下了那份遗嘱。"

"遗嘱?"

"一点没错,汤姆少爷的最后一份遗嘱。哎呀,我的名字有没有在上面呢?我签在哪里了?是不是旁边还有一个售票员的签名,因为制动员要扶着可怜的汤姆少爷,不敢松开他的手呢?嗯,肯定是这样。谁才能跟汤姆少爷一起在他的遗嘱上签名呢?当然是我,他的老仆人,他的好朋友。我说得对吧,唐纳德?"

"是的,伙计。"

"汤姆少爷这么跟我说,记住,把这个带给沃森律师,詹姆斯,并且吩咐他保管好。告诉珍我爱她——就是这个名字,唐纳德,我还以为我已经忘记了呢——好了,现在把我放到地上,让我死去。这是他原原本本的话,唐纳德。然后我们把他放平在地上,他死了。然后他就死了。可怜的汤姆少爷,可怜的,可怜的年轻少爷。而且他就要……娶……娶一个……"

"那张纸呢,詹姆斯?"约翰老伯大喊,努力让那个垂死的人回到现实中来,"那张纸怎么样了?"

"先生,我不认识你,"詹姆斯疑惑地回答,"那张纸是给沃森律师的,只有他才能得到它。"

"我在这里,詹姆斯,"律师大声说着,把其他人挤到一旁,大步走到床前,"给我那张纸。它在哪里?我是沃森律师。"

老园丁大笑起来——那是一阵非常可怕的沙哑的笑声,但很快他就因为病痛又变得气喘吁吁了。

"你……你是沃森律师?"他用嘲弄的语气喊道,"哎哟,你这个老笨蛋。塞拉斯·沃森就和汤姆少爷一样年轻——和我一样年轻!你——你是沃森律师?哈哈哈!"

"那张纸在哪里?"律师暴躁地催促。

詹姆斯盯着他看了片刻,突然身子一垮,缓缓地倒在了床上。

"你全都听到了吗?"约翰·梅里克把一只手放在律师的肩头问他。

"嗯,我以最快的速度跟着你们到了这里。原来托马斯·布拉德利在临死前写了另一份遗嘱,我一定要找到它,梅里克先生。"

"恐怕您得自己找了,"唐纳德沉痛地说,"詹姆斯死了。"

医生几分钟之后赶到这里,证实詹姆斯已经死亡。这位老园丁在疯疯癫癫了这么多年之后,临死之际才朦朦胧胧地记起了多年前那场悲剧中最后的场景。

律师告诉约翰老伯:"托马斯·布拉德利一直是个头脑清醒的年轻人,但在爱上你的妹妹之后,别人的意见他连一点都听不进去。在他要我拟遗嘱把所有的财产都留给珍的时候,我告诉他这种做法非常愚蠢,但他就是一意孤行。我相信他在面对死亡的时候变得理智了一些,更改了他的遗嘱。"

"也有可能詹姆斯说的这些都是他胡思乱想出来的。"约翰老伯猜测。

"我不这么想。除非他在发疯的时候毁掉了那张纸,不然我们一定能够把它找出来。"

沃森先生命令佣人们把园丁的遗体暂时挪到马车房的一个房间里,然后就立刻开始在园丁的小房间里搜寻那张纸,约翰·梅里克也在一旁帮忙。

"他说过是一张空白的电报纸。"

"对。"

"那我们就不可能把它跟别的小纸片弄混。"律师肯定地说。

在詹姆斯的房间里,最有可能藏东西的地方就是一个小小的壁橱,里面的架子上塞满了零零碎碎的东西。另外还有一个老旧的衣箱,藏在床铺的下面。

他们首先检查了衣箱,但只在里面发现了一些穿旧了的衣服。律师接下来开始检查壁橱,在架子上他看到了好几捆扎在一起的纸。

就在律师忙着翻看这些纸的时候,他听到了约翰老伯平静的声音。

"我找到了。"

律师赶忙跑过来,约翰老伯从一件褪了色的天鹅绒外套的口袋里掏出了那张电报纸。

"是遗嘱吗?"律师急切地问。

"你自己看看吧。"约翰说。

沃森先生赶紧戴上眼镜。

"是的,我能肯定这就是托马斯·布拉德利的笔迹。遗嘱很简短,但在法律上仍然有效。我读给你听。""我遗赠给珍·梅里克,我的未婚妻,在她有生之年享有我所有财产的使用权。在她死后,如果我的妹妹,凯瑟琳·布拉德利还在世的话,这些财产,包括财产的增值部分,都将转移到她的名下,并且她的继承人和受托人可以永远拥有这些财产。如果我妹妹先于珍·梅里克死亡,并且没有留下任何子嗣,我就指定我的朋友和代理人,塞拉斯·沃森,将这些财产分配给一些有组织有作为的慈善机构。就是这些。"

"足够全面了。"约翰老伯赞许地点点头。

"而且这份遗嘱合乎程序地签了名,也有人公证。这笔财产是肯尼斯的,先生,毕竟他是凯瑟琳·布拉德利·福布斯的唯一继承人。太好了!"律师一边说一边把那张黄色的纸在头顶挥舞。

"太好了!"约翰老伯也兴高采烈地附和,两个男人还握了握手。

第二十三章 帕琪收养了一个舅舅

第二十三章　帕琪收养了一个舅舅

约翰老伯和沃森先生晚餐时没有露面，他们一直都在约翰的房里私下密谈。女主人的死对整个家庭日常生活的安排带来了很大的变化，晚餐不再是一种庄严的仪式，变成了佣人们例行公事准备的一顿普通的饭菜而已。

吃饭的时候，四个年轻人在一起热切地讨论一天来发生的大大小小的事情。他们都知道了老詹姆斯不幸的死讯，但是完全没有意识到这件事将要掀起的轩然大波。肯尼斯在单独跟这三个女孩相处时比较自在，他直截了当地说帕琪不应该把所有的财产都转送给他，但既然她这么大方的话，他愿意接受一部分钱，只要能让他支付一些艺术课程的学费，并且能找到一个简单的住的地方就行了。露易丝和贝丝尽管在内心深处对帕琪极力推荐那个男孩作为继承人有些怨恨，但还是当面向她感谢了给她们增加遗产份额的心意。不管怎样，帕特丽夏现在似乎握着至高的权力，所以在这个时候冒犯她显得很不值当。

这个小团体在一起度过了一个愉快的夜晚，然后就各自散开了。贝丝和露易丝回到了自己的房间，把这一天发生的事又仔仔细细地想了一遍。男孩在小道上闲逛，好让自己乱作一团的大脑冷静下来。帕琪给爸爸写了一封很长的信，告诉他自己会在三天后到家，然后就上床安安心心地睡着了。

第二天吃过早餐之后，这几个年轻人又全都被叫到了会客厅，沃森律师和约翰老伯早就等在那里，表情看上去都很严肃。沃森律师立刻直奔主题，把詹姆斯临死前的情景，他所讲述的故事,还有后面找到遗嘱的事全都告诉了在场的人。

"这份刚刚发现的遗嘱,"律师加重语气继续说,"是在那份让珍·梅里克继承所有财产的遗嘱之后签署的,所以取代了那份遗嘱。现在你们都知道了,珍小姐在她的有生之年拥有所有这些财产的使用权,但是她没有任何权利将任何一分钱留给任何一个人,布拉德利先生在他的遗嘱中就这一点做了最充分的说明。出于这个原因,我昨天跟你们宣读的遗嘱没有任何效力,而肯尼斯·福布斯将通过他的妈妈从他的舅舅那里继承所有的财产。"

沃森先生宣布完毕后,这些年轻人的脸上全是茫然不知所措的神情。

"我得跟我那五千美元说声再见了。"约翰老伯咯咯地笑着说,"但不管怎样,我还是很感激珍。"

"难道我们什么都得不到吗?"贝丝的嘴唇不停地颤抖。

"是的,亲爱的,"律师温和地回答,"你的姨妈没有任何东西可以给你。"

帕琪愉快地笑了起来,她感到一种前所未有的轻松。

"既然这样,我就不是那种了不得的贵妇人,拥有一大笔从来都不属于我的财产喽,对吧?不过能够当一天的富人,把那些钱扔来扔去的感觉真的很不错,我都差点忘了自己要在十个小时里帮十个人做头发才能养活自己了。"

露易丝也笑了起来。

"发生在这里的整件事就是一出荒诞剧。"她说,"我会搭乘今天下午的火车回城里去。我亲爱的珍姑妈是一个多么可笑的伪善者啊!而我把那张一百美元的支票还给了她还真是够蠢的!"

"我的那张花掉了,"贝丝苦涩地说,"看起来这张支票就是我能得到的全部财产了。"她满脑子都是她的教授爸爸,还有他背的那些债务,眼泪哗哗地流了下来。

男孩蜷着身子坐在椅子里,被突然砸到他身上的这笔非同寻常的财富给击倒了。他说不出一个字,甚至无法像往常那样正常思考。

帕琪努力安抚贝丝。

"别介意,好妹妹,"她说,"比起来这里之前,我们的境况并没有变得更糟呀,对吧?而且我们还度过了一个愉快的假期。让我们忘掉所有让人沮丧的事情,感谢珍姨妈留给我们的这些回忆吧。"

"我今天就回去。"贝丝说着,愤怒地擦干脸上的泪水。

"我们都要回家啦。"帕琪开心地说。

"至于我嘛,"约翰老伯的声音很低沉,"我没有家。"

帕琪跑上前,用手臂抱着他的脖子。

"可怜的约翰舅舅!"她大声说,"哎呀,你比我们中间任何一个人的情况都要更糟糕。接下来你要怎么办呢?我真的想不出来。"

"我自己也正在想这件事。"这个矮个子的老人慢条斯理地说。

"嘿!你可以留在这里啊。"男孩好像突然醒了过来。

"不,不,"约翰老伯回答,"梅里克家里的人现在跟埃尔姆赫斯特再也没有半点瓜葛,它已经回到了自己名正言顺的主人手里。你什么也不欠我的,小伙子。"

"但是我喜欢你,"肯尼斯说,"而且你年纪大了,无家可归。留在埃尔姆赫斯特吧,这里一直都欢迎你。"

约翰老伯看上去很感动,他诚挚地紧紧握住男孩的手,但还是摇了摇头。

"我一辈子都在四处游荡,"他说,"现在还能到处逛逛。"

"看看这里,"帕琪兴奋地说,"我们三个是你的侄女和外甥女,所以我们可以轮流来照顾你,是不是啊,女孩们?"

露易丝轻蔑地一笑,贝丝则沉下了脸。

"我妈妈和我住在一套很小的公寓里,生活得非常简单,"露易丝笑着说,"我们连养一只猫的地方都没有。如果我们有能力的话,我们是很乐意帮助约翰伯伯的。"

贝丝也说:"爸爸几乎都没办法养活他自己的家人。但是我到家后会告诉我妈妈约翰舅舅的事,看看她怎么说。"

"咳!你们知道吗?根本不需要这么麻烦你们!"帕琪似乎很恼怒,"约翰舅舅是我亲爱的妈妈的哥哥,只要他愿意的话,他就可以到我家来,跟少校和我在一起生活。我们有房间,也有多余的钱。"她转向约翰老伯,抓紧他的手,"舅舅,快告诉你是怎么想的。不,不!什么也别说,先生!如果你不答应的话,我就是拽也要把你拽过去。而且如果你表现得不听话,我会派少校来教训你一下的。"

约翰老伯的眼睛里生起了水雾。他用最深情的眼神看着帕琪,然后对着静静站在一边的沃森律师使了个眼色。

"谢谢你,亲爱的,"他说,"但是我们生活的钱从哪里来呢?"

"钱?切!"帕琪满不在乎地说,"少校不是帮人记账赚了一大堆吗?而且我不是最近加薪水了吗?哎哟,我们会过得像暴发户一样既舒适又安心的。你准备好今天跟我一起走了吗,约翰舅舅?"

"是的。我会准备好的,帕琪。"

就在这一天,埃尔姆赫斯特目睹了一大批人的离开。露易丝、帕琪和约翰老伯一起坐上了去纽约的火车,贝丝则独自去了另一个方向。露易丝坐在火车上的单人包厢里,帕琪对于她这种奢侈浪费的行为很是不屑。

"坐车已经比走路要舒服多了,"她跟约翰舅舅说,"所以普通车厢就蛮不错的。"老人也高兴地赞同她的观点。

肯尼斯和沃森律师到车站为他们送行,分别前大家都说了很多友好和祝福的话。露易丝一再邀请埃尔姆赫斯特的这位新主人去纽约拜访她的妈妈,肯尼斯则回答说他希望能再次见到所有的女孩们,一直以来,她们就像是他真正的表亲一样。

在送别他们之后,肯尼斯郁郁不乐地骑着诺拉回家,根本就看不出他刚刚获得了一笔惊人的财富。

律师答应了他会在庄园里住上一段时间,免得男孩一个人孤零零的。在他骑马走在肯尼斯身边的时候,他跟男孩谈到了自己为他做的规划。

"你应该去旅行,到欧洲的那些艺术中心好好看看,我会尽力找到一个有能力的老师陪你一起去的。"

"你不能陪我去吗?"男孩沮丧地问道。

律师犹豫了好一阵子才回答。

"我年纪大了,客户也所剩无几,所以除了埃尔姆赫斯特的事情外,好像也没有多少要紧的工作要处理,也许我可以安排跟你一起出国。"

"那样的话就太好了,"男孩显得高兴了一些,"另外,去之前我们可不可以在纽约停一下,在那里待上一段时间?"

"当然可以。你是不是想去看看纽约呢?"

"是的。"

"那是个相当乏味的城市。"律师提醒肯尼斯。

"也许是那样,"男孩回答,"但是帕琪就在那里,你知道的。"

第二十四章　又回到家了

少校提前赶到了车站等着他们。上车前,约翰老伯小心翼翼地问帕琪可不可以先发一份电报,帕琪觉得只要能提前一个小时见到自己的爸爸,花这点发电报的钱也是值得的。

女孩看见她的爸爸就站在站台上。他的脸红扑扑的,容光焕发,嘴巴边上雪白的胡须长得密密麻麻的。帕琪立即丢下了自己的行李,扑到了少校的怀里。约翰老伯捡起行李,跟在她的后面。

他几乎都看不见帕琪了,少校紧紧地抱着她,宽阔的胸膛把她包围了起来。过了一会儿,帕琪慢慢地挣脱了她爸爸的怀抱,先使劲儿地吸了一口气,然后看着身后那个拿着行李的老头。

"哦,爸爸,"她大声喊道,"这是约翰舅舅,我把他带到我们家来,要跟我们一起生活。要是你不像我一样爱他的话,我可不会原谅你的。"

"怎么会呢,"少校说着,无比真诚地握紧了那个矮个子男人的手,"我会把约翰舅舅当成自己的亲哥哥的。事实上,"他的声音变得特别温柔,"我亲爱的维奥莱特的哥哥就是我自己的哥哥。欢迎你,先生,现在以及将来都是如此,欢迎你来到我们的小家。它很简陋,但是只要有帕琪在的地方,就一定会有灿烂的阳光。"

"我绝对相信这一点。"约翰老伯点头微笑着说道。

去城里还有很长的路要走,所以他们雇了一辆马车。一落座,帕琪就迫不及待地要少校把他跟上校在一起时发生的事讲给她听。那个老人立刻带着年轻人的热忱喋喋不休地说了起来，他兴致盎然地详细描述每一个小细节，并能从每一件小事中发现好笑的地方。

"哦，那真是一次完美的相聚，帕琪！"他高声感叹说，"我们分别的时候，上校的眼泪流到了我的脖子上，把我最好的外套的衣领都弄湿了。他还送了我一瓶上好的威士忌，连滴酒不沾的人都没法抵抗它的诱惑。啊！这段日子真是我生命里最美好的时光。"

"你好像年轻了十几岁，少校！"帕琪笑着大声说，"所以用拼命干活挣来的钱来换暴发户一样的生活还是值得的。"

少校的脸色突然变得黯淡了一些。

"财产的事到底怎么样，帕琪宝贝？"他问，"你没有从珍·梅里克的财产里拿到一分钱吗？"

"连个五分的镍币都没有，爸爸。整件事说起来会成为你听过的最好笑的笑话。我跟珍姨妈斗智斗勇，想像海盗一样卷走她的财富。我也确实赢得了她的心，她临死前把她在这世上拥有的所有东西都留给了我。"

"哇，真了不起！"少校惊讶地说。

"但事实证明，她在这个世上一无所有，"帕琪继续说，"因为发现了另一份遗嘱，是托马斯·布拉德利先生立下的，这份遗嘱规定在珍姨妈死之后，所有的财产都属于布拉德利先生的亲外甥。你没有想过会是这样吧？"

"还真是一个精彩的故事啊！"少校叹了一口气。

"所以有半天的时间我很富有，然后又像往常一样贫穷了。"

"这件事没有伤害到你吧，是吗？"少校忧心忡忡地问，"你没有因为失望而憋了一肚子火,对吧,帕琪?"

"一点也没有,爸爸。"

"那就别放在心上,孩子。钱财多半是人们不幸的祸根,嗯,是有这么个说法吧,先生?"

"的确如此,珍也给我留了五千美元。尽管我没有拿到这笔钱,但我一点都不觉得遗憾。"

"相当正确,先生。"少校的语气里带了几分同情,"对你来说,没拿到钱也没什么,我们的家就是你的家,我们有地方住,也有多余的钱可以花。"

"谢谢你。"约翰老伯感激地说,他的表情很沉重,但眼睛里闪着快乐的光。

"喔,少校!"帕琪突然喊起来,"这是丹尼·里维斯的餐馆,我们现在下车去吃饭吧,我饿得像只狼一样。"

于是他们下了车,抱着大包小包走进了那家小餐馆。餐馆的主人和所有的服务员都围了过来,欢迎帕琪回家,他们不得不挤过去才能在椅子上坐下来。

帕琪的眼睛亮晶晶的,快活得简直要跳起舞来了。点餐的时候,她甚至都不像平时那样紧盯着价目表。

"啊,回来真好。"她欣喜地说,"少校,埃尔姆赫斯特的大房子既奢侈又华丽,但是到处都冷冰冰的。"

"难道我也是冷冰冰的吗,帕琪?"约翰老伯逗趣地说。

"啊呀,我说错话了。不过舅舅,我敢打赌,你像我一样,也不怎么喜欢那里。"

"这话倒是没错。"约翰老伯立刻就承认了。

女孩对着笑容满面的服务员说:"现在,给我的约翰舅舅和这位少校上一瓶加利福尼亚州的红酒，再来两支真正的雪茄，如果道尔家族因为这些破产了，最起码今天晚上我们都过得非常愉快。"

在美美地吃了一顿之后，等帕琪准备结账时才发现根本没有账单。

丹尼·里维斯走了过来，跟他们说这顿晚餐是为了欢迎帕琪回家特意请大家吃的，因为帕琪总是会把好运带到餐馆里来。

少校亲切又不失风度地感谢了餐馆的主人，帕琪还亲了亲丹尼的脸颊。然后他们就高高兴兴地离开餐馆，心满意足地回到了那栋公寓顶楼的小套房里。

帕琪一等到少校打开房门，就跑进去把行李都放了下来。她告诉约翰老伯说："这里虽然不是什么豪华的宫殿，但在炉子里住着一只非常可爱的蟋蟀。这就是我们的家，约翰舅舅，也是你的家。"

约翰老伯好奇的朝四周打量，跟埃尔姆赫斯特，尤其是跟帕琪住过的玫瑰客房相比，这个地方实在是过于简陋。客厅的面积倒还不算太小，地上铺着一块过时磨损了的地毯，房子里有一个薄铁皮炉子，一个沙发，一张桌子，还有三四把老式的椅子，很可能都是从二手市场里买回来的。

客厅连着两个小小的房间，每个房间里都有一张床和一把椅子，墙壁凸出的托架上放着一个洗脸盆。

客厅的墙上贴着几张星期日报的彩页，还有一幅拍得很好的大照片，上面是一个头发花白的老兵，约翰老伯立刻就想到了，这一定是"那个上校"的照片。

看到这些之后，帕琪的舅舅不停地用手把他那粗短的灰白头发往后梳，心里感到有些疑惑。

"这里很舒适，孩子，谢谢你带我过来。"他说，"但我不得不问一句，这套房子这么小，晚上我要睡在哪儿呢？"

"哪儿？咦，你的眼睛不好使吗？"女孩故作惊讶地问，"这是世界上最好的沙发了，约翰舅舅，你睡在那里会觉得自己像个真正的长官一样。而且上校的照片正对着你，它会保护你的安全，让你做很多好梦的。你竟然还问我能睡在哪儿，哎哟，真是的！"

"啊，我明白了。"约翰老伯说道。

少校神气地告诉他："你可以在我的房间里洗漱，还可以把你的衣服挂在我门后多余的钩子上。"

"我没有多少衣服。"约翰老伯盯着他的红色包袱说。

少校咳了一下，然后把灯光调亮了一些。

"你会发现这里的空气很不错，而且邻居都是些好人。"少校试着转移刚才的话题，"我们的房子虽然简陋，但冬暖夏凉，而且价格很公道。帕琪会在那边的炉子上为我们准备早餐，午餐我们就在上班的地方随便买一点，晚餐我们总会在丹尼·里维斯的餐馆里吃。我们是模范之家，先生，而且是快乐之家，我希望你能很快发现这一点。"

"我在这里一定会过得很愉快的。"约翰老伯拿出他的烟斗，"我能抽烟吗？"

"当然可以，不过可千万不要点着了那边的花边窗帘哦，好舅舅。"帕琪做了个鬼脸，然后把头转向她的爸爸，大声地说，"哦，爸爸！我们白天都要上班，舅舅怎么办呀？"

"他可以做任何自己想做的事。"少校亲切地说。

"我们能不能帮他找个工作呢?"帕琪热切地说,"就是那种不需要干多少活的工作,因为舅舅年纪大了,不能太辛苦。工作可以让他有点事做,能打发时间。我想舅舅不可能整天都无所事事,还能过得开开心心的。"

"我会找找看的,"少校轻松地回答,好像找到一份这样的"工作"是世界上最简单的事情,"在这段时间……"

"这段时间,"约翰老伯面带微笑地看着少校,"我自己也会找一找的。"

"那当然好。有我们两个还有帕琪,我们肯定能过得无忧无虑的。"

这句话一说出来,大家突然都沉默了。帕琪看了看爸爸,又看了看舅舅,赶紧说道:"不要紧的,约翰舅舅。即使你不工作,有少校和我两个人的薪水,也足够我们过得好好儿的了。"

"顺便提一下,"少校对约翰老伯说,"假如你身上有钱的话,呃,我只是说如果可能有,只是可能,先生,你最好把钱交给帕琪保管,然后让她来给你发每天要用的零花钱,我就是这么做的。"

"少校总是大手大脚的,如果他手里有钱的话,他会请他碰到的每一个人去吃吃喝喝。"

约翰老伯责备地对着少校摇摇头。"非常坏的习惯,先生。"

"这我承认,梅里克先生。"少校回答说,"不过帕琪很快就帮我纠正过来了。另外,要是你钱包鼓鼓的走在这个城市的街道上,会给自己带来很大的麻烦,我经常会看到这样的事。"

"我的钱包可一点都不鼓。"约翰老伯漫不经心地说。

"但是你的钱包里还是有钱啊,先生,我注意到你在火车上乱花钱了。"帕琪严厉地说,"拿出来吧,我们先算算你有多少钱,然后再决定在你找到工作之前,我每天能给你多少零用钱。"

约翰老伯大笑起来,把他的椅子拖到了桌子前面。然后他把自己裤子口袋里的东西全都掏出来放到了桌布上,帕琪一本正经地板着脸,把那些钥匙和折叠刀都挑了出来,然后开始清点那些硬币。

"七元四十二分,"她问,"还有吗?"

约翰老伯犹豫了一会儿,然后从外套里层的一个口袋里拿出一个薄薄的钱包。帕琪从他手里把钱包拿了过去,然后从里面拿出了两张十美元和一张五美元的纸币,全都是崭新的钱。

"老天爷啊!"她快活地大喊,"有这么多钱,你还说你穷?"

"我可从来都没说过我是一个穷光蛋。"约翰老伯得意地说。

"你不应该说你穷,要诚实,先生。"女孩数落道,"天,这些都够用好多年了,我要把它拿走放到一个安全的地方,然后在给你发零用钱的时候大方一些。我看看啊,"她用细细的手指把一些硬币推到约翰老伯面前,"你就先拿着这四十二美分,约翰舅舅。你可以用它来买车票,还可以买几顿午饭,如果用完了,你就过来找我。"

"他还要抽烟的。"少校提醒帕琪。

"嗨！不就是抽个烟斗嘛，"女孩把手一挥，"布尔·达勒姆烟草只要五分钱一袋，一袋就可以抽一个星期了。而且每个周六的晚上，先生，你都可以在晚餐后抽上一支雪茄，跟少校一样。我们平常都是这样的。"

"谢谢你，帕琪。"约翰老伯顺从地说，然后把他的四十二美分收起来了。

"你现在有了一个家，还有了一个经理，先生，你的钱都存在一个叫帕琪有限公司的银行里，"少校煞有介事地宣布说，"你应该觉得心满意足，先生。"

"确实是这样。"约翰老伯回答道。

第二十五章　约翰老伯奇怪的举动

第二十五章　约翰老伯奇怪的举动

周一的早上,在帕琪和少校都离开家去工作之后,约翰老伯坐上一辆马车,也去了市区。他本来可以载他们一程的,但他担心如果帕琪发现他这么快就把那四十二美分给花掉了的话,她可能会责怪他太铺张浪费了,她说过要他省着点儿用那笔钱的。

约翰老伯看上去不慌不忙的,因为现在还很早,而且在百老汇的下街还没有多少家公司开门。为了打发时间,他走进了一家小餐馆,要了一杯咖啡和一块蛋糕。约翰老伯在家里吃过了早餐,所以并不是很饿。他慢慢地喝着咖啡,小口小口地吃着蛋糕,度过了非常愉快的一个小时。

买单的时候,他从自己小小的金库里拿出了二十五美分,加上刚才坐车用掉的五美分,帕琪给他的四十二美分现在就只剩下十二美分了!说起少校的大手大脚,那跟约翰老伯的这种奢侈浪费可不能比。

约翰慢慢地在街上闲逛,透过商店的橱窗往里面看。这样又过了一个小时,他突然注意到时间已经不早了,于是开始大跨步地顺着街道往前走。过了一会儿,他在一栋楼房的前面停住了,楼房上挂着一个牌子,上面写着"艾沙姆—马文投资银行"。这家公司的生意应该做得不错,透过门窗往里看,有很多职员都在各个部门忙忙碌碌地工作着。约翰老伯走了进去,门口有个穿制服的工作人员用怀疑的眼神盯着他看。

"马文先生在吗?"他愉快地问那个人。

"还没有到。"

"那我在这里等他。"约翰老伯说完,就在一条包着皮革的长凳上坐了下来。

那个穿制服的人趾高气扬地走来走去，观察那些进进出出的客户，并且时不时地用锐利的眼睛看一看坐在长凳上的矮个子男人。

一个小时过去了。

又过了一会儿，约翰老伯腾地站了起来，走到那个人的面前。

"马文先生还没有来吗？"他严肃地问道。

"一小时前来了。"穿制服的人面无表情地回答。

"那你为什么不通知我？我要见他。"

"他早上都会很忙，要处理很多邮件，所以他现在还不能见你。"

"哼，他会见我的，而且会立刻见我。去告诉他约翰·梅里克来了。"

"你的名片，先生。"

"我没有名片，我的名字就是名片。"

那个人犹豫了一下，看了看面前这个矮个子男人破破烂烂的衣服，还有他那一副乡下人的模样。但是他也注意到了这个人的眼神很精明，而且正在愤怒地盯着他。他不由得担心自己可能犯了一个错误，于是连忙走开，打开了一扇小门，消失在门后面。

一会儿工夫，那扇门就大敞开了，一个高大的、长着红胡子的男人冲了出来。他很快地往四周看了看，然后朝约翰老伯跑了过来，亲切地握着他的双手。

"我亲爱的梅里克先生！"他兴奋地大喊，"能在这里见到你，我真是倍感荣幸！快到我的房间里来，这是多么大的

第二十五章 约翰老伯奇怪的举动 / 193

一个惊喜啊!托马斯,不要让别人打扰我!"

最后一句话是给站在他们面前的那个穿制服的人下的命令,听到这句话后,他面色晦暗地点点头,然后自言自语地说:"我又上当了,我早该知道的。这些该死的亿万富翁,为什么他们就不能穿得体面一点呢?"

中午,约翰和那位银行家一起乘着马车去了一家高档的俱乐部,在那里享用了一顿丰盛的午餐。马文先生还把他介绍给了一些高雅的绅士,称他为"从波特兰来的约翰·梅里克先生"。那些绅士听到这个名字后全都对约翰老伯深鞠躬,并且说他是一个"深受大家尊崇的人"。

约翰并没有因为受到了这样的招待而显得得意洋洋,他的举止跟平时没有什么区别,只是脸色要更严肃一些。在谈起优先股、联合利益和投资、证券,还有很多奇怪的东西时,约翰老伯全都信手拈来,驾轻就熟,那位银行家也能完全理解他说的话,并且一直尊敬地仔细聆听着。

接着他们又回到银行,打算再好好地畅谈一番。那些银行的职员们全都伸长了脖子,想看一眼马文先生的这个同伴到底长什么样。

"他是约翰·梅里克。"这句话从一个人的耳朵里传到另一个人的耳朵里。那位穿制服的人又大摇大摆地从一个窗口走到另一个窗口,嘴里说着同一句话:"这个人是我通报给马文先生的,他走进银行的时候就跟其他人一样静悄悄的。"

但约翰离开银行的时候可一点也不安静。马文先生和艾沙姆先生两个人一起把他们这个最重要的客户送到了门口,在那里,马文先生的车已经备好,准备听候梅里克先生的差遣。

约翰老伯派头十足地摆摆手。

"我自己走,还有一些其他的杂事要办。"

于是这两个银行家就跟约翰老伯握手告别,目送着他离开。不一会儿,百老汇大街上熙熙攘攘的人群就吞没了约翰·梅里克。

时间慢慢地流逝,约翰老伯看到天色已经不早了,就叫了一辆马车往回赶。他口袋里的钱已经不止那十二美分了,而且靠里侧的一个暗袋里还装着一本支票簿,所以叫车的费用完全不需要担心。在靠近住宅区的一个拐角处,他从车上下来了,然后匆匆忙忙地朝丹尼·里维斯的餐馆走去。那家餐馆就在一个街区之外的地方,帕琪正站在门口,焦急地往四处张望。

"哦,约翰舅舅,"一看到他,帕琪就大喊起来,"我刚才真的担心死了。这个城市很大,你对这里又不熟悉,你知不知道你已经晚了十分钟了啊?"

"对不起,"约翰老伯低眉顺眼地道歉,"但是从这里到市区的路非常远。"

"你坐车了吗?"

"没有,亲爱的。"

"啊哟,你这个笨舅舅!快,快进来。少校刚才一直情绪很激动,而且发誓说在没有人照看你的情况下,你绝对不能够跑到街上去。不过这也是没办法的事,对吗?"

约翰老伯一进餐馆就热情地跟帕琪的爸爸握手:"我今天过得非常不错,你呢?你过得怎么样?"

"挺好的。"少校心满意足地说,"那些同事都很想念我,见到我都显得特别开心。而且你猜怎么着?我加薪水了！"

"真的吗？"约翰老伯似乎很感兴趣。

"千真万确。我敢肯定这又是帕琪的功劳。她先是跑到我上班的地方，甜言蜜语地让他们给我放了一个假，而现在他们竟然打算一个星期付给我十二块，比以前多了两块。"

"这些钱够用了吗？"约翰老伯疑惑地问。

"这已经非常多了，先生。我年纪大了，不能像年轻人一样挣得那么多。但是我顽强着呢，有决心让这种一个星期能拿十二块的日子尽量过久一些。"

"你能拿多少钱呢，帕琪？"约翰老伯又问他的外甥女。

"差不多跟爸爸拿的一样多。我们非常非常富有呢，约翰舅舅，所以即使你不能马上找到事情做，也完全不需要担心。"

"你今天找到工作了吗，先生？"少校把一块餐巾压到下巴底下，开始喝他的汤。

约翰老伯摇摇头。

"当然没有啦，"帕琪很快地接过话头，"现在才过多久呀。别着急，约翰舅舅，除了能让你有些事情做做，你完全没有工作的必要。"

"你比我的年纪还要大一些，"少校想了想说，"这会让你更难找到合适的事情来做。不过就像帕琪说的，完全没有着急的必要。"

约翰老伯看起来倒并不为自己的无所事事感到忧虑。他不停地问他的妹夫和他的外甥女关于他们工作的事，然后就跟他们讲自己透过商店的橱窗都看到了些什么。因为中午那顿丰盛的午餐，他实在是吃不下什么东西。这让帕琪觉得有些不安，她坚持说他是走得太累了，因此一吃完饭就把她爸爸和舅舅带回了家，然后让他们两个坐下来玩纸牌，一直玩到了睡觉的时间。

第二天约翰老伯又过得很忙碌。他先是去了一个房地产公司的办事处，然后给艾沙姆—马文投资银行打了一个电话，发布了一连串的指令，语气一点也不像他跟帕琪说话时那么顺从随和。整整一个星期，只要少校和他女儿离开家门，他也立刻从公寓里走出去，一整天都在外面奔波，一直忙到在餐馆吃晚饭的时间。不过虽然这么忙碌，他却总是一副兴高采烈、劲头十足的样子，而且特别喜欢在晚上的时候跟少校一起玩纸牌。

"现在你一定没什么零用钱了。"星期二的晚上，帕琪对约翰老伯说。

她舅舅叹了一口气说："住在这个城市里的花销真的很大。"

她从他的钱里面拿了五十美分给他，然后到星期五的时候又给了他五十美分。

"过了一段时间之后，"她说，"你就必须用更少的钱过日子了。刚开始精打细算的时候，日子总是很难熬的。"

"那些账单怎么办？"约翰老伯问，"我不需要付我的那一份吗？"

"哎呀，你根本就没花什么钱。"少校豪爽地把手一挥，大声说道。

"但是我在丹尼·里维斯的餐厅吃的东西肯定花了不少钱。"

"当然没有，帕琪点的都是些物美价廉的东西，而且你陪我们一起吃饭让我们很开心，这种快乐足可以抵消我们多付的那一点点钱了。"

周六的晚上，帕琪给这两个老人点了一品脱红酒，然后又要了两支少校每周抽一次的那种便宜雪茄。约翰老伯刚抽第一口就咳个不停，但少校的姿态却非常潇洒。他显得很快活，优雅地拿着那支雪茄，顺利地抽到了最后一口。

"明天是休息日，"帕琪说，"所以早餐后我们可以一起去公园好好地散散步。"

"我们可以一直睡到八点才起床，是不是啊，帕琪？"少校问她。

"当然了。"

"早餐可以吃鸡蛋吗？"

"我已经把鸡蛋买回来了，五分钱就可以买三个。你不会在意为你多花的这一点点钱的，对吧，约翰舅舅？"

"不会，亲爱的。"

"这就是我们周日早上的加餐——每人有一个鸡蛋，少校可喜欢吃鸡蛋了。"

"我也是，帕琪。"

"那现在我们就来玩纸牌吧，然后早点上床睡觉。呼，周日对于工作的人来说真是个好日子。"

第二十六章 一串钥匙

约翰老伯一晚上都没有睡好,他不停地在客厅的沙发床上翻来覆去,把自己折腾得筋疲力尽。帕琪八点钟起床的时候,她的舅舅才刚刚睡熟。

帕琪轻手轻脚地在炉子里生好火,然后煮咖啡,煮鸡蛋,小心翼翼地生怕吵醒了约翰舅舅。少校这时已经穿好了衣服,并且刮好了胡子。他把约翰老伯叫了起来,要他赶快换好衣服,洗漱干净。

约翰老伯马上就照办了,等到少校从面包店把还冒着热气的面包卷买回来,他已经完全准备妥当。啊呀!这真是一顿既快乐又美味的早餐。约翰老伯似乎很饿,吃完饭后他还懊恼地看着桌上的蛋壳。

"帕琪,下次你得买六个鸡蛋才行。"

"听听这个贪心的人说的话吧!"帕琪笑着叫道,"你就和这位少校一样差劲,一模一样。要是你们两个没有我来当监护人的话,不到一个月你们就得住到收容所里去了。"

"这种事儿不会发生的,因为我们有你啊,小宝贝。"约翰老伯带着笑意看着她那双灵动的眼睛,"所以以后哪怕只有一个鸡蛋,我也不会再抱怨了。"

就在这时,有人重重地敲着房门,女孩跑去把门打开了。外面站着一个送信的男孩,穿着蓝色和金色的制服,看起来又机灵又整洁。他碰碰自己的帽沿向女孩行礼。

"你是帕特丽夏·道尔吗?"

"是我。"

"有你的一个包裹,请在这里签字。"

帕琪一边签字,一边一个劲儿地猜测这个小包裹里装着什么,又会是谁寄给她的。那个男孩离开后,她慢慢地走到餐桌前,手里拿着那个包裹。

"那是什么,帕琪?"少校好奇地问。

"我也很想知道。"女孩盯着包裹看。

约翰老伯喝着他的咖啡,看起来有些漠不关心。

少校告诉帕琪:"最好的办法就是把它打开看看。"

这个包裹包得非常平整,包装纸很有档次,还用红色的蜡封住了开口的地方。帕琪把它翻来覆去看了两三遍,然后把蜡封揭开,解开了绳子。

一串钥匙掉了出来——有七把钥匙,用一根紫色的缎带拴在一起——接着帕琪又在包裹里发现了一封薄薄的,信封很是精致的信函。

少校看着这些东西,嘴巴张得大大的。约翰老伯则把身子靠到椅背上,看着女孩的脸。

"肯定是弄错了。"帕琪又仔细地看了看包装纸,上面清清楚楚地写着她的名字。她摇摇头说:"是寄给我的没错,但这是怎么回事呀?"

她打开了那个大信封,又展开了那张折得整整齐齐的信纸,上面写的是:

"帕特丽夏·道尔小姐

贝克尔公寓,达根街,纽约

亲爱的道尔小姐,我们公司一位受人尊敬的客户——客户要求我们对他的名字保密——为您准备了一套配置齐全的寓所供您使用。威林广场3708号D套房的使用期为三年,期满后如果您愿意的话，可以继续居住下去。我们的客户恳请您能把那里当成自己的家，里面一切物品都可以随意使用。所有的租金和费用已经提前支付，期望您能立即入住。此外，那位客户还要求我们公司对于您所提出的要求一律遵照执行，能够听候您的差遣是我们莫大的荣幸。公寓的钥匙已经随信附上。

您忠诚的

艾沙姆—马文投资银行"

看完这封信，帕特丽夏·道尔小姐低呼一声，然后迟迟疑疑地在椅子上坐了下来。她茫然的眼神直愣愣地盯着她的父亲，少校也盯着她看。然后她飘忽的视线又落到了约翰老伯的脸上，约翰老伯也正在看着她。

帕特丽夏把那些钥匙翻过来，在手上晃动，发出清脆的撞击声。然后她又看了一遍那封信。

"威林广场3708号的D套房，那是在哪里？"

少校摇了摇头，约翰老伯也摇摇头。

"地址名录里面应该能查到吧？"约翰老伯不确定地问。

少校肯定地回答："当然可以。"

帕琪突然发起火来，"这到底是怎么回事？是谁在跟我们开玩笑？艾沙姆—马文投资银行，那可是家大银行！我怎么会认识他们？他们又怎么会认识我？"

"这不是重点，"少校说，"谁是他们那位不愿透露姓名的神秘客户呢？这才是问题所在。"

"的确如此，"约翰老伯说，"这家银行只是受人委托而已。你一定有一个神仙教母，帕琪。"

女孩听到这句话笑了起来,然后摇了摇头。

"现在可没有什么神仙教母了,约翰舅舅。这件事一定是故意捉弄人的,没有什么。"

"没关系,我们会查出来的。"少校从帕琪手上把信拿了过去,谨慎地检查了一遍,"从表面上看,这封信应该是真的没错。我以前见过这家银行的信头,这封信不是伪造的,对于这点我有十足的把握。把你的东西拿好,帕琪,我们今天不去公园,改成去威林广场,你把钥匙拿上。"

"这个主意不错,"约翰老伯说,"如果可以的话,我想跟你们一起去。"

"你当然可以去,"女孩爽快地回答,"你现在已经是我们家的一员了,约翰舅舅,你一定要帮我解开这个谜。"

少校脱下他的绒毡拖鞋,换上靴子,帕特丽夏在准备他们散步时要带的东西,约翰老伯漫无目的地在房间里转来转去,最后摘下了他的黑色领结,换成白色的。

帕琪换好衣服出来,一看到这个,就快活地笑了起来。

"你不要太激动了,约翰舅舅,我们现在要开始的奇妙历险还不知道会有怎样的结果呢。不过要是你打算周日戴这个领结的话,我真的应该把它好好地洗一洗,再熨得更平整一些。"

"这主意不错,"少校说,"不过现在我们得出发了。都准备好了吗?"

他们走下那有些摇摇晃晃的楼梯,一个个的神情都非常严肃。帕琪一边走一边摇着那串钥匙,领着他们走到角落里的一家药店。少校在店里找到了一本地址录,开始查找威林广场的位置。

让他惊讶的是，这个地方就在附近，只需要走几个街区就到了。

"那里是个超级漂亮高档的社区，"少校解释道，"所以我从来都没有机会进去看过。只要五分钟，我们就能走到那里。"

帕琪犹豫了。

她打起了退堂鼓："我们没有必要过去，爸爸。别人根本没有理由赠送一套高档社区的房子让我们去住，对吧？"

约翰老伯却说："我们得照原计划过去看看，如果不查出来这到底是怎么回事的话，我一晚上都没法合眼。"

"完全正确。"少校也说，"来吧，帕琪，走这边。"

威林广场不是很大，但种了很多漂亮的鲜花，而且被打理得非常不错。3708号就坐落在一个拐角的地方，这是一栋很气派的楼房，正面的墙上贴着白色的大理石。少校站在人行道上仔细查看了一下这栋楼，然后告诉他们这栋楼里有六个套房，一边三套。

"D套房一定就在二楼的右手边，"他说，"位置不错，这我能肯定。"

大门那里有一个门童，他站在外面，好奇地打量着人行道上的这几个人。

帕琪没有注意到入口上方那几个大大的金色数字，走到门童面前开口问道：

"这里是威林广场3708号吗？"

"是的，小姐，"门童回答，"您是道尔小姐吗？"

"我是。"她回答道，感到很惊讶。

"就在楼上，小姐，在您的右手边。"门童越过女孩的头顶,对着约翰老伯使了个眼色。约翰老伯把眉头一拧,门童赶快退到了一边,转眼就消失不见了。

"我们上去吧。"少校嗓音沙哑地说,然后走上了楼梯。

帕琪紧紧地跟在他的后面,然后是约翰老伯。他们走到二楼的右边,停在一扇标注有字母"D"的房门前,门上有块嵌板,嵌板的插槽里放着一张卡片,上面印有"道尔"两个字。

"天啦,天啦!"少校喘着粗气喊道,"谁知道会是这样啊,真是令人难以置信!"

帕琪用颤抖的手指捏起一把钥匙插进锁孔,拧了一两下就把门给打开了。

他们一行三人屏息静气地走进客厅,脚踩在厚实的地毯上,没有发出一丁点儿声响。所有的东西都是崭新的,并且展示出不凡的品味。从小巧的立式钢琴,到壁炉上方滴滴答答的珐琅钟,这里好像不缺任何东西。餐厅美得就像一幅静物画,阳光透过彩色的玻璃窗和带褶皱边的窗帘,把柔和的光线洒在银制餐具和玻璃杯上。少校甚至还注意到在角落里放着一个酒柜,里面摆满了好酒。

再往前是配餐室,架子上塞满了食物。接下来是厨房——配备好了所有可能要用到的东西。帕琪还惊讶地看到冷藏柜里居然放有冰块,周围摆着很多的奶油、牛奶还有黄油。

他们看着这一切,怀疑自己是不是闯进了某个奇妙的仙境。这套房间尽管不是很大,但里面的一切都是那么的精致和高雅。跟他们先前住的那个简陋昏暗的公寓相比,这里的奢华程度已经远远超出了他们的想象。少校不停地咳嗽,清嗓子,帕琪则不停地发出"啊","噢"的感叹,看起来有些被吓到了。约翰老伯沉默地跟在他们后面走,满是皱纹的圆脸上一直挂着像孩子一样愉悦满足的笑容。

客厅连着三间卧房,每一间都有独立的浴室,有一间房子里还配了一个漂亮的更衣室。

"这间房子给帕琪住。"少校神气十足地安排着。

"当然了,"约翰老伯说,"那个靠垫上面好像还用饰针拼出了'帕特丽夏'的字样呢,是不是啊?"

"一点没错!"帕琪大喊,高兴得难以形容。

少校走到隔壁,继续说:"那这间房子就是我的了。你们看,墙上还画着打仗的情景呢,我要把上校的照片挂在梳妆台的上面。"

"这里还有雪茄呢,"帕琪打开了一个小壁橱,"不过在这皇宫一样的房子里抽烟可不太像话。"

"不能抽烟我就不住这儿了!"少校坚决反抗,但没有人注意他。

"这是约翰舅舅的房间。"女孩兴奋地说着,走进第三间卧室。

"我的房间?"

"当然了,先生,你是我们家的一员。这一间跟少校的一样舒适,没有任何差别,真是太好了。"

约翰老伯的双眼闪闪发亮。"我希望这个床铺够软和。"他走过去,挑剔地用手压了压。

就在这个时候,门铃突然响了,房子里的人惊慌失措地你看看我,我看看你,谁都没有开口说话。少校踮起脚尖,蹑手蹑脚地走到了门口，其他人都跟在他后面。

"我们该怎么办？"帕琪压低声音问。

"最好是把门打开看看。"约翰老伯镇定地回答。

少校把门打开了，门外站着一个女佣。她微笑着鞠躬，快步走了进来，把门关上后又鞠了一躬。

"我猜这位就是我的新主人了，"她看着帕琪说，"我是您的女佣，帕特丽夏小姐。"

帕琪屏住呼吸盯着她的脸。这个女佣比她大不了多少，模样长得讨人喜欢，看起来很机灵，跟这套精致的房子很相称。她穿着灰色的裙子，配着白色的衣领、白色的围裙和帽子，显得既雅致又可爱，少校和约翰老伯立即就喜欢上她了。

帕琪坐了下来，她觉得自己连站着的力气都没有了。

"那么，是谁雇你过来的呢？"她问道。

"是那家银行里的一位绅士，"小女佣回答，"我叫玛丽，如果您不介意的话，小姐，叫我的名字就行。有人已经预先把我的薪水全安排好了，所以您不需要再另外付钱给我。"

"你会做饭吗？"帕琪好奇地问。

"是的，小姐，"玛丽微笑着回答，"一点钟就可以吃午餐了。"

"你晚上睡在哪里呢？"

"厨房过去有一个小房间，您没有看到吗，帕特丽夏小姐？"

"没有，玛丽。"

"现在您还有别的吩咐吗，帕特丽夏小姐？"

"没有了，玛丽。"

女佣又鞠了一躬，然后走去厨房，消失在视线外。这几个人站在原地，目瞪口呆。

少校忍不住轻轻吹了声口哨，约翰老伯看起来倒是非常淡定。帕琪掏出她的手帕，尽管她努力忍着，眼泪还是要流出来了。

"我……我……我要大哭一场。"她抽泣着，然后冲到客厅，扑到了长沙发上。

少校看着约翰老伯震惊的表情说："没事儿，哭一场对她有好处，我都有点想跟她一起哭了。"

不过他没有这么做。少校跟着约翰老伯走进他的房间，抽了一支刚才发现的雪茄。约翰老伯坐在一把安乐椅上，靠着椅背，沉默地吸着烟斗。

过了一会儿，帕琪也走了进来，她不再哭了，快活得满脸放光。

她坐到少校那把椅子的扶手上，然后问他："告诉我，爸爸，会是谁给了我们这些东西呢？"

"反正不是我，"少校肯定地说，"我一个星期十二块钱的薪水是付不起这些的，怎么着都不行。"

约翰老伯也说："我刚来这里的时候，你把我所有的钱都拿走了，所以也不是我。"

"你们就别开玩笑了，"女孩说，"这地方真的是为我们准备的，对吗？"

"一点没错，"少校回答，"我们可以在这里住三年，而且一分钱都不用花。"

"嗯，那么，你觉得这个人会是肯尼斯吗？"

少校摇摇头。"我不认识那个孩子,"他说,"虽然他有可能会这么做,不过在他成年之前,他是不能够支配那些钱的,而且他的律师监护人不太可能让他这样挥霍那笔遗产。"

"那还能是谁呢?"

"我想不出来。"

"我倒觉得没必要弄得那么清楚,"约翰老伯又点上了一袋烟斗,"那个人送你这些是想让你尽情享受住在新家的生活,可不是让你一个劲儿地想问题。"

"正是这样!"少校赞同道。

约翰老伯又接着说:"我刚才一直觉得自己身上的这些衣服跟这里太不相称了,帕琪。我想买一套新衣服,好搭配我的新房间,你可不可以从我的钱里拿出十美元让我买衣服呢?"

帕琪想了想,"嗯,我也觉得应该这样。"

"我们必须回贝克尔公寓收拾我们的东西,"少校催促约翰老伯和帕琪,"最好现在就走。"

"我一分钟都不想离开这里。"女孩叹了口气说。

"为什么?"

"我担心我们一走,这些东西就会全部消失。"

"别说傻话,"约翰老伯说,"我没有什么东西要拿,所以我会留在这里,在你回来之前帮你看好这些东西。"

"午餐准备好了,帕特丽夏小姐。"小女佣站在门口说道。

"我们来吃饭吧!"帕琪兴奋地拍着手喊,"吃过饭后我和少校去贝克尔公寓,这是我们最后一次去那里了。"

第二十七章 露易丝发现了一个秘密

约翰老伯并没有真的留在房子里看家。帕琪和少校一离开这里,他就拿起了自己的帽子,走路去找另一个女孩——他的侄女露易丝·梅里克小姐。就在一两天以前,他从帕琪那里得到了她的住址。

她就住在附近一栋时髦的大楼里,虽然这里不像威林广场的住宅区那么高档,但是公寓都很新,也很漂亮。

他乘电梯来到四楼,找到卡片上写着梅里克小姐的那扇房门,然后轻轻按下了门铃。

一个女佣打开门,疑惑地打量着他。

"女士们在家吗?"他问女佣。

"我不是很确定。您的名片,先生?"

"我没有名片。"

女佣把门掩上了一半。

"那能告诉我名字吗?"

"好的,约翰·梅里克。"

她关紧房门离开,几分钟后又打开了门,领着约翰老伯穿过客厅,走到了后面的一个小房间里。

梅里克夫人正坐在窗前的椅子上,她站起身迎了上来。

"你是约翰·梅里克?"

"是你丈夫的哥哥,夫人。"

"您还好吗,约翰伯伯?"露易丝靠在沙发上大声说,"您不会介意我偷懒没有站起来的,对吧?您是从哪里过来的呢?"

梅里克夫人坐了下来。

"你要坐下来吗?"她面无表情地问。

"好的,"约翰老伯回答,"我就是过来看看你们。"

梅里克夫人板着脸说:"露易丝告诉了我你的事。你妹妹一死,你就无家可归了,这可真是不幸。不过,整件事实在是太荒谬可笑了,没想到珍·梅里克会这样一败涂地。"

"确实如此。"

"根据我对那个女人性情的了解,我应该早料到这些的。"

约翰老伯想不明白珍的性情和发现托马斯·布拉德利的最后一份遗嘱之间有什么关联,但他什么都没有说。

"您住在哪儿呢?"露易丝问他。

"帕琪把我带到了她的家里,过去这一个星期我就睡在客厅的沙发上。"

"我建议你就留在道尔家,"梅里克夫人说话的语速很快,"我们这里甚至连个让你睡觉的沙发都没有,房子实在是太小了,要不然我们会很乐意给你提供一些帮助的。你找到工作了吗?"

"还没有,夫人。"

"当然了,以你的年纪,会很难找到工作。不过在这件事上我们也没法帮到你。"

"噢,我不是过来找你们帮忙的,夫人。"

梅里克夫人扫了一眼约翰老伯破破烂烂的衣服,还有那个弄脏了的白色领结,冷笑了一下。

露易丝坐了起来,看着约翰老伯严肃地说:"我现在要告诉你一个天大的秘密。我们现在所过的这种奢侈的生活,是用我爸爸人寿保险的本金换来的。按照我们花钱的速度来看，这笔钱最多还能撑上两年零九个月。到那时，要么就是我嫁了个有钱的人家，要么就是我们母女俩变得一无所有——这要看命运怎么安排了。您能理解我们的处境吗？"

"完全理解，这并不复杂。"老人回答。

"我们在冒很大的风险，但尽管如此，比起其他的亲戚来，我们还算是有能力给您提供更多的帮助。道尔一家子都要辛苦地工作，但还是非常贫穷。贝丝说德·格拉夫教授债务缠身，钱一年比一年挣得少，所以他也指望不上。这样看来整个梅里克家唯一的一笔资产就是我父亲的人寿保险了，我还知道有一次您帮他付过一笔保费。"

"我忘了有这回事。"约翰老伯说。

"哦，我们没有。我们不想成为您眼中忘恩负义的那种人，但目前我们没有办法给您安排住的地方，而且就像我妈妈说的那样，您住在道尔家会更好一些。我和妈妈已经谈过了，可以给您一些钱零用，不过也许您并不需要。当您需要帮助时您就过来找我们，只要我们手里的钱还没有花完，我们会尽可能地帮助你的。"

约翰老伯沉默了一会儿，然后他问露易丝："为什么你认为我需要你们的援助？"

露易丝似乎很惊讶。

"您年纪大了，而且看上去一无所有，"她回答说，"珍姑妈答应给您的五千美元最后也落了空。您有钱吗，约翰伯伯？"

"足够我目前维持自己的生活了。"约翰老伯微笑着说。

梅里克夫人好像如释重负："那我们就没有必要把钱硬

塞给你了。"

"我只是来跟你们见个面的,"约翰老伯说,"既然我到这里来了,不找过来看看你们似乎不太好。"

"你过来我很高兴,"梅里克夫人说着,看了一眼钟,"只是露易丝正在等一位年轻的绅士来访,几分钟之后就该到了,所以也许你可以下次再来,比如说,再另外找个星期天。"

"也许吧,"约翰老伯的脸涨得通红,他站起身来,"我得看看有没有时间。"

"再见,伯伯,"露易丝起身抓住他的一只手,"千万不要觉得我们在赶您走,下次再过来吧,您想来的时候就过来。"

"谢谢你,亲爱的。"约翰老伯说完就离开了。

露易丝走到一扇打开的窗户前,这里可以看见一个很大的露台。她的邻居年轻的艾沙姆先生——也就是那位大银行家的儿子——正和他的妻子坐在露台上,俯瞰着热闹的街景。露易丝也往下面看了看,想知道她正等着的那位年轻绅士有没有过来。

她突然听到了艾沙姆先生无比激动的喊声。

"他在那里,麦拉——那就是他!"他用手指着人行道。

"谁?"

"哎呀,是约翰·梅里克!来自俄勒冈波特兰的约翰·梅里克。"

"约翰·梅里克是什么人?"他的妻子疑惑地问。

"世上最富有的人之一,我们公司最值得信赖的客户。"

别看他的样子很奇怪，还穿得像个流浪汉一样，他的身家至少有八到九千万，而且手上还掌控着全国大部分的罐头制造业和镀锡产业。他到这里来做什么？"

露易丝猛地倒退几步，面色苍白，身子抖个不停。然后她抓起一条披巾，从房子里冲了出去。必须要追上约翰伯伯！把他带回家，不惜一切代价！

谢天谢地！电梯正好下来了。露易丝冲进电梯，很快到了一楼，跑到了大街上。她站在那里急切地四处张望，寻找小个子亿万富翁那圆圆胖胖的身影。但那个人已经转了个弯，消失不见了。

就在她踌躇着不知道该怎么办的时候，一个年轻人欢快地跑了过来，手里挥舞着自己的手杖。

"天哪，露易丝小姐，"他惊诧地问，"你该不会是——站在这里等我吧？"

"那倒不是啦，"她的脸上挂着甜美的微笑，"我刚才在跟我那富有的伯伯道别，人们称他为来自波特兰的约翰·梅里克。"

"约翰·梅里克？镀锡产业的巨头约翰·梅里克？他是你的伯伯？！"

"是我父亲的亲哥哥，"她愉快地说，"请上楼来吧，妈妈会很高兴见到你的。"

第二十八章　帕琪丢掉了工作

约翰老伯在帕琪和她爸爸回来之前先赶到了威林广场，不过他们也很快就到了，坐在一辆老旧的马车里，身边堆满了大大小小的行李。

"赶车的是我一个朋友，"少校得意地说，"他把我们送到这里只要了五十美分。我们一点家具或是床上用品都没带，因为这里没有地方放那些东西。不过既然我们在贝克尔公寓的租金付到了下个月的上旬，我们还有很多时间把它们卖给别人。"

这一天剩下的时间就在安置他们的新家当中快活地过去了。女孩没有花多长时间就把她那少得可怜的几样东西放进了柜子和抽屉当中，但是新房子里有成百上千样好东西都值得她好好地看一看，摸一摸，而且她每研究一遍都有重要发现。

"爸爸，布置这些房间一定花了很大一笔钱。这里面堆满了昂贵的东西，博尔恩夫人派我过去干活的那些气派的房子里，没有一间有我们的这么好。我觉得这样的地方对于我们来说有点太奢侈了。你觉得我们应该留在这里吗？"

少校郑重其事地挺直腰杆说："道尔家族是整个爱尔兰——这个全世界最有贵族气派的国家当中最伟大最高贵的家族之一。如果我刚好有我们家族的家谱的话，我可以很容易证明给你看。对于一个爱尔兰的绅士来说，没有什么东西是他配不上的，即使他已经屈尊到要靠给人记账来维持一日三餐所需。你是我的女儿，帕特丽夏，尽管你身上还有一半梅里克的血统遗传自你那可怜的已经过世的母亲，但你还是完全有资格享用这些好东西。我说的对吗，约翰老哥？我一点也没有自吹自擂吧?"

约翰老伯温柔地抚摸着女孩的头。"非常正确,"他说,"对于一个勇敢、诚实,又富有同情心的女孩来说,没有什么好东西是她配不上的。"

周一的早晨,玛丽在七点钟的时候就给他们准备好了可口的早餐。帕琪和她爸爸吃完后就心情愉快地上班去了,约翰老伯找了辆车去城区,载了他们一程。

"我要去买新衣服,还有新的领结。"他告诉帕琪。

"别让那些人把你的钱给抢走了,"女孩下车的时候警告他说,"你的钱一定要放在安全的地方。另外,如果你买下了一套十美元的衣服,一定得让商店的人免费送你一个领结才行。还要好好看看它们是不是纯羊毛的,约翰舅舅。"

"什么东西,你是说领结吗?"

"不,我说的是衣服。再见,吃晚饭可别迟到了,玛丽会骂人的。"

"我记下了。再见,小宝贝。"

在走进博尔恩夫人的美发店的时候,帕琪心里十分愉快,几乎都要唱起歌来了。

"用不着取下围巾什么的,"博尔恩夫人厉声说,"我们不再需要你在这里工作了。"

帕琪惊诧地看着她,怀疑自己听错了。

"我雇了另一个女孩来代替你,"博尔恩夫人接着说,"你可以走了。"

帕琪的心跳得越来越快。

"你是说我被解雇了吗?"她问道,喉咙口像是有什么东西给堵住了。

"确切地说,就是这样。"

"我做错了什么事情吗,夫人?"

"跟这个没有关系,"博尔恩夫人怒气冲冲地回答,"我只是不再需要你为我做事了。你的薪水已经付到了周六的晚上,我什么也不欠你的。现在,快离开这里。"

帕琪站在那里看着她,不知道该怎么办。丢掉这份工作对她来说是一个巨大的灾难。

"那你会为我准备一封推荐信的,对吗,夫人?"她结结巴巴地说。

结果她听到的回答是,"我从来不写推荐信。快点走开!小东西,今天早上我很忙。"

帕琪转身离开,她所有的快乐瞬间变成了深切的悲伤。少校会说什么呢?没有了她的薪水,他们一家子该怎么办?她去了一两家美发店,想找点事情做,但是话都没说完就被拒绝了,哪里都不缺人手。她只好先回家,先好好想想接下来该怎么办。

帕琪用钥匙打开D套房那扇雕花的大门时,已经将近十点钟了。她走进客厅,看见一位年长的女士正站起身来迎接她。

"道尔小姐?"那位女士询问。

"是的,夫人。"帕琪说。

"我姓威尔逊,有人雇我每天早上的十点到十二点在这里辅导你的功课。"

帕琪一屁股坐在椅子上,惊讶地看着她。

"你能告诉我是谁花钱请你来的吗?"她有些无助地问道。

"是艾沙姆—马文投资银行的一位绅士安排的。我可以把外套脱下了吗？"

"如果你愿意的话。"女孩轻声回答，明白了博尔恩夫人刚才为什么会那样冷酷无情地把她打发走，那位艾沙姆—马文投资银行的绅士肯定提前找了博尔恩夫人，并且告诉了她帕琪将要做些什么。

女孩感到她的人生已经完全不由自己来掌控，有一个不知名的朋友和恩人时刻都在引导她，关心她。尽管一开始她很为自己失去的自主权感到愤愤不平，但她的判断力马上告诉她，接受这样的安排对她来说大有益处。

帕琪发现威尔逊女士既迷人又有教养。她是如此的亲切友好，帕琪觉得跟她在一起时既自在又舒适。威尔逊女士很快就发现了这个女孩在学识上的欠缺，于是为她量身设计了一系列课程。

"有人要求我辅导你考上一所女子大学，"她告诉帕琪，"如果你专心并且努力的话，我可以保证完成这个任务。"

帕琪邀请她留下来吃饭，玛丽已经在舒适的餐厅里把午餐全都准备好了。吃过饭后，威尔逊太太就告辞离开了。

三点钟的时候，门铃响了，玛丽领着另一个陌生人走了进来。这次是一个漂亮年轻的金发女士，自我介绍说她是来给道尔小姐上钢琴课的。

帕琪喜出望外，因为她一直就梦想着自己能在钢琴上奏出美妙的音乐。她全身心地投入到自己的第一堂钢琴课中，这让她的老师大为赞许。

与此同时，少校也得到了属于他的惊喜礼物。他刚赶到上班的地方就碰到了经理,并且被经理叫到了他的私人办公室。

"道尔少校,"经理告诉他,"要跟你分别真是非常遗憾,你一直都忠心耿耿地为我们公司服务。"

少校困惑不已。

"但是,"经理接着说,"艾沙姆—马文投资银行已经跟我们说过,要把你调到他们那里去上班,因为他们那里有一个职位正需要一位像你这样的人。拿着这张名片,先生,去那家银行,然后找马文先生。我祝贺你的升迁,道尔少校,你完全有资格得到它。"

少校一脸茫然,他像梦游一样走到了那家气派的投资银行,然后把那张名片托人交给了马文先生。

那位绅士亲亲热热地迎接了他。

"我们想请您在这里做账目的审计专员,"他说,"这个职位对责任心的要求很高,但是无需做什么繁重的工作。您在第十一号私人办公室里办公,工作时间是每天上午的十点到十二点,其他时间您可以自由安排。至于工资嘛,我很遗憾它的数目与您的价值可能不太相称,一年只有两千四百美元。但是因为在这里的工作时间不长,所以毫无疑问您可以通过其他的途经来贴补这些工资。这样的安排您还满意吗,先生?"

"非常满意。"少校回答。两千四百美元一年!并且一天只用工作两个小时!非常满意,再满意不过了!

他的小办公室非常舒适,而且为这家公司审计重要客户的账目虽然对准确度的要求很高,但并不需要花什么体力。对于像他这种年纪,又没有经过多少培训的人来说,这是一个非常理想的职位。

第二十八章　帕琪丢掉了工作

他在办公室待到了下午的两点钟,然后关上办公室的门,走出去吃了顿午餐。这顿饭他吃得出奇地开心。吃完饭后,他决定先回到威林广场,在家里等着帕琪从博尔恩夫人那里下班回来。

就在要进门的时候,他听到了一阵笨拙地敲击琴键的声音,于是就偷偷地躲在门外,透过缝隙往里面看。他震惊地发现帕琪正在弹琴,一个漂亮的女孩坐在她的旁边,教她怎么移动手指。

少校屏息静气地看了好几分钟,心里感到既惊讶又狂喜不已。然后他蹑手蹑脚地走进自己的房间,点上一根雪茄,耐心地等着他的女儿上完钢琴课,好听他讲讲发生在自己身上的大新闻。

当约翰老伯回家吃晚饭时,父女俩正快活地坐在一起有说有笑。他们笑得合不拢嘴,脸都有些变形了,但是这种表情有着某种感染人的魔力。

约翰老伯穿着一套崭新的芝麻呢西装,看起来神采奕奕。他还穿着亚麻布的新内衣,戴着一顶新帽子,外套的口袋里还配了一条镶着红边的手帕,领结则是上好的丝绸质地,款式也是最时兴的。帕琪为他能用那些钱买到这么多漂亮的东西而惊叹不已。

经过这一番全面的改造,约翰老伯好像突然变成了一位受人敬重的老绅士,他的外表几乎是无懈可击。

"你看我现在跟这套公寓相配吗?"他问帕琪。

"分毫不差!"帕琪大声地笑了起来,"过来吃饭吧,晚餐已经准备好了,少校和我有一些奇妙的事情要告诉你。"

第二十九章 少校需要的解释

第二十九章 少校需要的解释

这个星期过得非常愉快，帕琪把她所有的空余时间都用在了学习上，还花了不少的精力来照料这套房子。她不让玛丽给那些装饰品掸灰，也不要她收拾屋子，所有这些事情她都揽了下来亲力亲为，约翰老伯有好几次都赞许地说帕琪已经变成一个理想的好管家了。

她脚步轻快地从一间房子跑到另一间房子，嘴里哼着一些欢快的歌曲。少校则每天准时离开他那间舒适温暖的办公室，赶回家听帕琪在钢琴课上叮叮咚咚地敲着那些琴键。

约翰老伯每天早上都会去市区，没有人觉得这有什么不对劲。帕琪忙个不停，没有注意到她舅舅是什么时候离开，又是什么时候到家的。少校则陶醉在帕琪一举一动流露出来的快乐之中，并且忙于感慨自己这一连串的好运气，所以对约翰老伯的举动也没有放在心上。

在银行里，那些职员都对少校非常照顾体贴，公司的管理人员也显得特别亲切。少校敦实的身姿和温和的神情展现出某种高贵的气质，这似乎很让他的雇主们尊敬和欣赏。

星期三的时候，少校看到了账簿上写着约翰·梅里克的名字，这笔账目的金额非常大，涉及到价值几百万美元的股票和证券。少校忍不住笑了起来。

"要是跟约翰老哥说有一个和他同名同姓的人这么有钱的话，一定会让他觉得非常有趣。"

第二天，少校注意到这个叫约翰·梅里克的人手上所持的股票绝大多数都是西部的罐头产业和给马口铁罐镀锡的工厂发行的。他突然回想起约翰年轻的时候曾经当过锡匠，这种奇怪的巧合不能不让他心生疑惑。

不过一直到了周六的上午，少校才顿时悟出了这里面的真相。那一刻，他的头就像是被一把大锤子给狠狠地敲了一下。

他找了个机会想去马文先生的私人办公室找他问问，但是有个守在门口的职员告诉他说马文先生正在跟一个重要的客户商谈，少校只好在门外一边徘徊一边等待。

一会儿之后，门被打开了一条缝。

"别忘了明天抛出两千股欧陆公司的股票。"少校听到了一个熟悉的声音。

"我不会忘记的，梅里克先生。"马文先生恭恭敬敬地回答。

"还有，按照对方出的价买下布里克街道上的那处房产，这笔交易很公道，而且我需要那块地。"

"好的，梅里克先生，需要我派一名信差把这些文件送到您住的地方吗？"

"不用，我会自己来取，路上不会有人打我的主意。"

那扇房门猛地一下全打开了，约翰从里面走了出来。他穿着那套芝麻呢的西装，配着那些新买的饰物，口袋里放着一叠文件。

少校高傲地看着他，但并没有在公众场合下跟他相认。约翰看到少校之后愣了愣神，然后又咯咯地笑着往前走。银行家跟在约翰后面走了出来，深深地弯下腰鞠躬，跟他道别。

少校脸色阴沉地回到办公室，剩下的三个钟头，他大部分时间都坐在那里沉思默想，然后他就拿起帽子回家了。

帕琪一看到少校的脸色，就焦急地问他是不是发生了什么事，但少校只是摇了摇头。

约翰刚好在晚餐前赶了回来。吃饭的时候，他一直和帕琪说得兴高采烈，但是少校每次在看着那个矮个子男人的时候，都表现出特别严厉的样子。

约翰却一点也不在意，他只是一个劲儿地说说笑笑，就像一个刚从学校放学的男孩那样轻松愉快。

晚饭吃完以后，少校领着他们两个走到客厅，把房子里所有的灯都调到最亮，然后带着一种居高临下的气势看着那个矮个子的男人。

"先生，"他说，"介绍一下你自己吧。"

"嗯？"约翰表示自己很迷惑。

"约翰·梅里克，既是百万富翁，也是一个大骗子。这个人乔装打扮一番后来到我们家，在我们不知情的情况下骗取了我们对他的爱和信任。现在，请你好好介绍一下你自己！"

帕琪大笑起来。

"你在干什么呀？爸爸，"她奇怪地问，"约翰舅舅到底怎么了啊？"

少校回答说："他一直在欺骗我们，孩子。"

"胡说八道！"约翰说着，点燃了他的旧烟斗。

"你没有故意让我们以为你很穷吗？"少校厉声质问。

"没有。"

"你没有让帕琪拿走你的三十二美元和四十二美分，让她认为那是你所有的钱吗？"

"有。"

"你没有百万千万美元的财产——多到连你自己都数不

过来吗?"

"也许有。"

"那么,先生,"少校擦掉他前额渗出来的汗水,无力地坐到他的椅子上,"你那样做是什么意思?"

帕琪站在那里,面色苍白,浑身发抖,她的眼睛瞪得圆圆的,看着她舅舅那张沉着的脸。

"约翰……舅舅!"她结结巴巴地喊道。

"嗯,亲爱的。"

"这是真的吗?你有那么多钱?"

"是的,孩子。"

"是你给了我这个房子,还有这里所有的东西,还给少校找了一份好工作,让我可以一心一意地学习,还有……还有……"

"当然了,帕琪,为什么不呢?"

"哦,约翰舅舅!"

她一头扑进他的怀里,开心地哭个不停,约翰把她小小的身子紧紧拥在胸前。少校一边咳嗽,一边擤着鼻子,在手帕里咕咕噜噜地说一些听不懂的话。然后帕琪猛地站起来,跑到她爸爸面前,哭着说:

"哦,爸爸!那个人是约翰舅舅,难道你不感到高兴吗?"

"我要先听听他的解释。"少校说。

约翰对着他们咧开嘴笑了,也许在他的一生中,他从未像现在这么快乐过。

"我很乐意解释解释,"他重新点上了烟斗,在椅子上坐好,"但是我的故事很简单,一点也不像你们想得那么曲折。我父亲有很多子女,家境一直很贫穷。我是一个锡匠,在我们住的那个小村子里没有多少活可以干,于是我开始往西部走,通过做工来维持生计,从一个镇走到下一个镇,一直走到了俄勒冈的波特兰。

"那里有一种行当能提供大量的工作机会,就是做那种装三文鱼或是其他鱼的镀锡铁皮罐。因为我能够吃苦耐劳,所以没过多久,我就自己开起了一家小店,把做好的锡罐卖给那些罐头食品厂的老板。过了一段时间,小店的规模不断扩大,变成了一家大工厂,还雇佣了几百个人。接着我就开始收购那些同行的工厂,实现控制整个市场的目的。因为我需要用到大量的镀锡铁皮,所以我对生产这种铁皮的产业越来越感兴趣,并且在这上面投了一大笔钱用来扩大这种产品的生产规模,提升产品的质量。现在我的工厂遍布西部的沿海地区,甚至在加利福尼亚都有我的产业,每年都要从那里用船运走大量的罐装水果,我就为这些商品提供包装用的锡罐。这些业务给我赚了不少钱,我就用那些多余的钱来投资房产,这样我的财富开始不停地翻倍增长。

"我从来没有结过婚,因为我所有心思都放在了自己的生意上,没功夫考虑其他的事情。就在不久前,罐头制造业完成了一次大规模的合并重组,我从执行总裁的位子上退了下来,把管理的事情交给别人去做,因为我的年纪已经大了,而且手上已经有了太多的钱。

"就在那个时候我想起了我的家人,于是静悄悄地回到了我出生的那个村庄。但回到那里后我才发现,家里的人要么已经过世了,要么已经离开了。不过因为珍继承到了一大笔遗产,所以我打探到了她住的地方并且赶了过去。我猜是因为我的衣服又破又旧,所以珍以为我是一个穷光蛋,需要她的资助,我也没有费劲去跟她解释。

"我碰巧发现我的侄女和外甥女也在埃尔姆赫斯特,于是想到正好可以借机了解一下她们各自的品行和性格。就跟珍的情况一样,我死后也会留下一大笔钱,所以我很想知道哪个女孩最有资格获得这笔遗产。没有人怀疑我真实的身份,我并不是故意穿上这么破旧的衣服,只是在西部的时候,我已经习惯了不怎么注意自己的衣着打扮。后来我发现只要我一直穿着这套旧衣服,人们就都会认为我是一个穷人,这样我就可以更好地暗中观察别人了。

"珍想要把她的钱留给她的侄女和外甥女,但一切努力都是徒劳,因为那些钱并不是她的。不过我必须得说,她准备遗嘱时给我也留了五千美元,这还真的是一片好心,对吧?"

少校咧着嘴笑了起来。

约翰老伯接着说:"好了,我的朋友们,这就是全部的故事。珍死了之后,帕琪邀请我住到你们家来,我也接受了这份好意。你们现在应该知道了,不管怎样我都会到纽约来,因为艾沙姆—马文投资银行好多年来一直都是我的资产管理机构,而且我还有很多的业务要跟他们谈。我想我应该把你们想知道的都告诉你们了,对吗?"

"那这套房子是你的喽?"帕琪不确定地问。

"不,孩子,这里整栋大楼都是你的,这里是契约。"约翰老伯从口袋里拿出来一叠文件,"这份房产很不错,帕琪,光是从其他五套房子能收到的租金数目就很可观了。"

一时间,三个人都静静地坐着没有说话,然后帕琪低低地叹了一声。

"为什么你会对我这么好,约翰舅舅?"

"因为我喜欢你,帕琪,而且你是我的外甥女。"

"那另外的两个呢?"

"她们马上就会听到一些开心的消息,"约翰老伯回答,"这里是一份文件,我给露易丝的妈妈准备了十万美元,她有生之年可以享有信托受益权。在她死后,露易丝可以用这笔钱来做任何她想做的事。"

"哇!真不错!"帕琪快活地拍着手。

"这里还有另一份文件,我给德·格拉夫教授也同样准备了十万美元,贝丝在她父亲过世后可以拿到这笔钱。她是一个很理智的女孩,会好好地让它派上用场的。"

"她一定会的!"帕琪肯定地说。

"好了,帕琪,"约翰老伯轻松地说,"现在我想知道自己是不是还能留在我那个小房间里,还是说你更希望我另外找一个住的地方。"

"只要你还活着,这里就是你的家,约翰舅舅。在我以为你穷得叮当响的时候,我都从来没有想过要跟你分开。现在我知道了你这么富有,就更不会让你走了。"

"说得好,帕琪!"少校开心地大喊。

约翰老伯露出心满意足地微笑,他在女孩的脸上亲了一下,又点起他的烟斗来,刚才说话的时候,烟斗已经熄掉了。